目

次

第一部

味の歳時記　9

江戸の味を食べたくなって

第一部

味の歳時記

一月

橙《だいだい》

フランスの田舎へ行くと、少年少女たちが朝から夜まで一所懸命にはたらいていホテルでは自家製のハムやバター、牛乳、パンなどでもてなしてくれる。

そうした食物の味は、まぎれもなく戦前の東京で私たちが享有《きょうゆう》していたもので、いまは取り返しがつかぬところへ消え去ってしまったものだ。

レ・ゼジーの村のホテルで、女中さんをしていた十六歳の少女へ、

「パリへ行きたくないかね?」

尋《き》いたら、にっこりとして、

「パリは別の国です。私はレ・ゼジーがいい」

と、こたえた。

澄み切った空の下で、田舎は、あくまでも田舎の匂《にお》いがしている。

何日も田舎ですごしてパリへもどって来ると、パリが何だか色褪《いろあ》せて見える。

ガスコーニュのホテルの朝食に出た焼きたてのパンのうまさに、あまりパンが好きでない私が食べ残しを紙に包んだものだが、

（こういうところのクリスマスや正月は、どんなだろう?）

ふと、想《おも》った。

おそらく、むかしからの行事が教会を中心にしておこなわれ、自家製の御馳走《ごちそう》が食卓に並ぶことだろう。

東京の、近ごろの若い夫婦は、正月の御供《おそな》えも飾らぬそうな。

年の暮れも正月も、単に休暇とボーナスが出るだけのよろこびで、風致の破壊と共に季節もわからぬ三百六十五日を送るのみとなりつつある。

正月の食卓にトマト・サラダが出るのだから、どうしようもない。

私は七歳のとき、父母が離婚したので、浅草・永住《ながずみ》町の祖父の家へ引き取られた。

家は、関東大震災後に流行した軽トタンぶきの屋根の二階建てだった。階下は道路に面して土間に三畳、六畳、台所に便所。二階が三畳に六畳に物干という典型的な下町の間どりで、飾り職人の祖父は、土間つづきの三畳で指輪や帯留、かんざしなどを

正月、家の近くで弟をおんぶしながら凧《たこ》をあげた

造っていた。

いまだに忘れないのは、物干から上野駅に発着する汽車が見えたことだ。大通りには荷車を挽《ひ》く馬の糞《ふん》の匂いがただよってい、夏の夕暮れなど、道に蝙蝠《こうもり》まで飛び交っていたが、いまの東京は、

「鴉《からす》にも見はなされてしまいましたねえ」

と、先日も知り合いの老人が苦笑まじりにいったものだ。

しがない職人の暮しにも、季節の移り変りが切っても切れぬ影響をおよぼしていた。そのクライマックスが年の暮れだったろう。いかに貧乏暮しをしていても、畳を替え、襖《ふすま》・障子を貼《は》り替え、松飾りをし、気分をあらため、意気込んで新しい年を迎えるのだった。

私なども十歳のころには、障子貼りをやらされたものだ。そのころの東京の、年の暮れの寒さというものは、いまの人たちに想像もつくまい。

吹きまくる寒風も、ヒビやアカギレも何処《どこ》へ行ってしまったものか……。

バケツの冷水で障子を洗い、乾いたところから、剃刀《かみそり》を小さな口にくわえ、障子の桟に糊《のり》を打ってゆくとき、われ知らず胸がときめいてくる。

（正月だ。正月が来る……）

このことである。

子供のことだから、学校も休みになっているし、小遣いもたくさんもらえる。貧乏は貧乏なりに御馳走も食べられるというわけで、それがたのしみなのはいうまでもないが、何よりも、日ごとに年が押しつまってくる緊張感と、新しい畳の匂いと、貼り終えた障子の白さなどが一つになって、子供たちの昂奮《こうふん》を唆《そそ》る。小さな薄よごれた我家が、年の暮れには、まるで別の家のように、清々《すがすが》しく見えた。

祖母や母が、どうして年を越そうかと、やりくりの相談をする声も、むしろおもしろい。

そして、御供えが飾られる。

小さな仏壇の脇《わき》の空間に半紙を置き、大小の鏡餅《かがみもち》を供え、その上へ一つ二つ葉の残った橙を乗せる。

その、あざやかなオレンジ色の橙を見ると、私の胸は、またさわぎはじめる。

新しい年が明け、正月十一日に御供えの餅をこわし、汁粉（私の家では雑煮だった）にするとき、祖母が橙の汁を茶わんに搾《しぼ》り、たっぷりと砂糖を加え、熱湯をさして、

「さあ、風邪を引かないようにおあがり」

と、私にくれる。

これが、正月の何よりもたのしみだった。

オレンジでもない、蜜柑《みかん》でもない、橙の汁の風味はもっと濃厚で、酸味が強く、香りもすばらしい。これを泥行火《どろあんか》へ足を突込んで、ふうふういいながら飲むと、小さな躰《からだ》にたちまち汗が滲《にじ》んでくる。その暖さ、そのうまさは何ともいえぬ幸福感をともなっていた。

子供のころの私は、橙は正月の御供えの上に、たった一つ乗せるもので、大変にありがたい果物であると信じ込んでいたようだ。なに、八百屋へ行って買い込んでおけば、いくらもあったのだが、それも知らず、ただ何となく、

（橙は蜜柑なんぞとちがって、めったに売っているものじゃあない）

そうおもい込んでいた。

というのも、妙に厳かな御供えの上に飾られてあったからだろう。

だから、御供えの上の橙のジュースを飲んでしまうと、

（また、来年のお正月が来れば飲める……）

すぐにまた、つぎの正月が待ち遠しくなるのだった。

「もっと、橙が飲みたい」

といえば、別に高価な果実ではないのだから、祖母も母も買ってくれたろうが、私がねだろうともしないので、何も気づかなかった。

私のみならず、むかしの子供たちには、大なり小なり、こうしたところがあった。

橙は、いうまでもなく柑橘《かんきつ》の一種であって、見たことはないが白い花をつけるそうな。

実が熟しても採取をせず、木に残すと、夏は青緑、冬は黄色く、ふたたび熟する。

「だいだい」と名づけられたのも、このような橙の実に、

「代々《だいだい》相伝え、絶ゆることのない……」

姿を見て、縁起ものにしたのだろう。

冬になると、橙が八百屋で売られていることを知ったのは、小学校の卒業も間近くなってからだ。

小学校を出ると、私はすぐに、はたらきに出た。

大人の世界へまじり込み、

(一日も早く、大人になりたい)

そうおもいながら、あわただしく日々をすごすようになると、いつしか、橙の汁の味も忘れてしまったようだ。

それでも後年になって、ふと、おもい出し、橙を搾って飲むこともあったが、子供のころの熱い期待とよろこびは、しだいに遠退《とおの》いて行った。

もっとも、ちかごろの橙の味は、むかしのそれと、すっかりちがってしまった。味噌《みそ》や卵や、醬油《しょうゆ》の味がちがってしまったように……。

二月　小鍋《こなべ》だて

いま、私が小説新潮誌へ連載をしている〔剣客商売〕の主人公で老剣客の秋山小兵衛《こへえ》は、これまでに出合った何人もの人びとがモデルになっているし、やがては、おのれのことをも書きふくめることになったわけだが、その風貌《ふうぼう》は、旧知の歌舞伎《かぶき》俳優・中村又五郎《またごろう》氏から採った。

つぎに、一つのヒントをあたえてくれたのは、むかし、私が株式仲買店ではたらいていたころ、大変に可愛《かわい》がってもらった三井老人だった。

三井老人は、私の友人・井上留吉の知り合いで、兜町《かぶと》の小さな現物取引店の外交をしていたが、いかにも質素な身なりをして兜町《しま》へ通勤して来る。どこかの区役所の戸籍係のようで、とても株の外交をしているようには見えなかった。深川の清澄《きよすみ》町の小さな家に、二匹の猫と、まるで娘か孫のような若い細君と暮していたが、金はたっぷりと持っていたようだ。

若い井上と私が、六十に近い三井老人と知り合ったのは、長唄《ながうた》の稽古《けいこ》と歌舞伎見物が縁となったのだ。

三井さんは、私たちに気をゆるすようになってから、

「宅《たく》へもお寄んなさい」

こういってくれ、それからは、しばしば清澄町へお邪魔をするようになった。

三井さんは長唄の三味線もうまかった。それでいて、他人前《ひとまえ》では決して唄わず、弾かなかった。

私どもが三井さんの腕前を知っていたのは、稽古へ行く場所が同じだったからである。

さて、いつのことだったか、よくおぼえてはいないが……。

二月に入ったばかりの寒い夜、私は深川で用事をすませた後に、おもいついて三井さんの家を訪ねた。

三井さんは、お客のところから帰って来たばかりで、長火鉢の前へ坐《すわ》り、晩酌をやっていた。

三井老人の記憶
於 深川の宅

「ま、おあがんなさい。家のは、いま、湯へ行ってますよ」

「かまいませんか」

「さ、遠慮なしに……」

長火鉢に、底の浅い小さな土鍋がかかってい、三井さんは浅蜊《あさり》のむき身と白菜を煮ながら、飲んでいる。

この夜、はじめて私は小鍋だてを見たのだった。

底の浅い小鍋へ出汁《だし》を張り、浅蜊と白菜をざっと煮ては、小皿へ取り、柚子《ゆず》をかけて食べる。

小鍋ゆえ、火の通りも早く、つぎ足す出汁もたちまちに熱くなる。これが小鍋だてのよいところだ。

「小鍋だてはねえ、二種類か、せいぜい三種類。あんまり、ごたごた入れたらどうしようもない」

と、三井さんはいった。

このような、しゃれた小鍋だてではないが、浅草には三州屋とか騎西《きさい》屋とかいう大衆食堂があって、小さなガス台の上に一人前用の銅や鉄の小さな鍋をかけ、盛り込みの牛なべ、豚なべ、鶏《とり》なべ、蛤《はま》なべなどがあり、早熟な私は小学生のころから、二十

銭ほど出して、

「蛤なべに御飯おくれ」

などといっては、銀杏《いちょう》返しに髪を結った食堂のねえさんに、

「あら、この子、なまいきだよ」

と、やっつけられたこともある。

下町の子供は、何でも、

「大人のまねをしたがった……」

のである。

だが、そうした食堂の小鍋は、どこまでも一人前という便宜から出たもので、中のものを食べてしまえばそれきりだ。

三井さんのは、平たい笊《ざる》の上へ好きなだけ魚介や野菜を盛り、それを煮ては食べ、食べては煮る。

(いいものだな……)

つくづく、そうおもった。

おもったがしかし、当時の私は、まだ十代の若さだったから、小鍋だてをたのしむよりも、先《ま》ずビフテキだ、カツレツだ、天ぷらだ、鰻《うなぎ》だ……というわけで、われから、

（やってみよう）

とは、おもわなかった。

三井さんも、また、

「こんなものは、若い人がするものじゃあない」

苦笑して、強いてすすめようとはしなかった。

ところが、四十前後になると、私は冬の夜の小鍋だてが、何よりもたのしみになってきた。

五十をこえたいまでは、あのころの三井さんのたのしみが、ほんとうにわかるおもいがしている。

小鍋だてのよいところは、何でも簡単に、手ぎわよく、おいしく食べられることだ。そのかわり、食べるほうは一人か二人。三人となると、もはや気忙《きぜわ》しい。

鶏肉の細切《こまぎ》れと焼豆腐とタマネギを、マギーの固型スープを溶かした小鍋の中で煮て、白コショウを振って食べるのもよい。

刺身にした後の鯛《たい》や白身の魚を強火で軽く焼き、豆腐やミツバと煮るのもよい。

貝柱《ハシラ》でやるときは、ちりれんげで掬《すく》ったハシラを、ちりれんげごと小鍋の中へ入れて煮る。こうすれば引きあげるときもばらばらにならない。

これへ柚子をしぼって、酒をのむのは、こたえられない。

むろん、牡蠣《かき》もよい。

豚肉のロースの薄切りをホウレン草でやるのも悪くない。つまり、小《こ》ぶりの常夜鍋《じょうやなべ》というわけ。

材料が変れば、それこそ毎晩でもよいし、家族も世話がやけないので大いによろこぶ。

だから私は、いわゆる〔よせ鍋〕とかいって、魚や貝や鶏肉や、何種もの野菜や豆腐などを、ごたごたといっしょに大鍋で煮て食べるのは、あまり好きではない。

それぞれの味が一つになってうまいのだろうけれど、一つ一つの味わいが得られないからだ。

大根のよいのが手に入ったときは、これを繊《せん》切《ぎ》りにして豆腐と共に煮る。そのとき、豚の脂身《あぶらみ》の細切りをほんの少し入れ、柚子で食べるのも悪くはない。

いずれにせよ、三井老人がいったように、二種類か三種類。ゆえに牛肉のすき焼をするときも、私は葱《ねぎ》をつかうだけだ。豆腐もシラタキも入れない。

鍋の種類によっては、おしまいに出汁を紙で漉《こ》し、これを熱い御飯にかけまわし、さらし葱のきざんだのを少し入れて食べる。

三井老人は深川が戦災を受けたときに亡《な》くなったそうな。

三月　白魚《しらうお》と蛤《はまぐり》

二月の〔小鍋だて〕の章に出て来る株屋の外交員・三井老人が所属していた店は、兜町の小さな現物取引店だったが、経営状態は、なかなかよかった。

この店の主人《たいしょう》の吉野さんにも、私と井上留吉は可愛がられたものだ。

吉野さんに私どもを引き合わせてくれたのが、三井老人であることはいうまでもない。

私の母方の祖父・今井教三は、飾り職人で、浅草の永住町に住み、私は幼時、この祖父の手許《てもと》で育った。

そのことを吉野さんにはなすと、

「おどろいたね」

と、いう。

「何がです？」

「私は、君のおじいさんに、指輪をあつらえてもらったことがあるよ」

「へえ……そうでしたか」

このときから、吉野さんは私と井上を可愛がってくれ、いろいろと世話をしてくれるようになった。

吉野さんは鰻が大好物で、私はよく、浅草の〔前川〕へ連れて行かれた。

鰻が焼けてくるまでの、かなり長い間を、酒をのみながら待つわけだが、吉野さんは、

「鰻が、まずくなる」

というので、鰻の前の酒の肴《さかな》は、新香《しんこ》の一片も食べさせなかった。

吉野さんは、たしかに三人前の鰻をたいらげたものだ。講武所の芸者だったとかいう若い女を八丁堀の小さな仕舞屋《しもたや》へ囲っていた所為《せい》か、鰻やら牛肉やら、六十をこえた吉野さんは、やたらに「精がつく……」ものを食べたがった。

その中でも鰻は大好物だったわけで、太平洋戦争が始まって間もなく、吉野さんが重病にかかったとき、そのころはもう、自由に食べられなくなっていた鰻を何とか都

合して、吉野さんの見舞いに出かけたことがある。

そのとき、吉野さんは、

「私は、もう死ぬよ。だから一つ、最後のたのみをきいておくれ」

と、私に奇妙なたのみごとをした。

そのいきさつは〔あほうがらす〕という短篇に書いたが、小説の中の吉野さんは神田の袋物問屋・和泉屋《いずみや》万右衛門《まんえもん》となっており、私は、その弟の宗六になっている。

「たのむから正ちゃん。かね子（二号）の、秘所《あそこ》の毛を一すじ、持って来てくれ」

と、吉野さんはいったのである。

その吉野さんに、早春の或《あ》る夜、浅草の料亭〔草津〕へ連れて行かれたときのことだが、白魚へ卵を落しかけた椀盛《わんも》りが出た。

それを口にするとき、あの細くて、小さくて美しい可憐《かれん》な白魚に、

「あ、ごめんよ。ごめんよ」

と、あやまりながら箸《はし》を取った吉野さんの顔や姿が、春先になると、ふいとおもい浮かんでくる。

明《あけ》ぼのや　しら魚白きこと一寸　芭蕉《ばしょう》

ふるいよせて　白魚崩れんばかりなり　漱石《そうせき》

長二、三寸。腸《はらわた》もないかとおもうほどの、すっきりと細い体は透明で、そこに、黒《くろ》胡麻《ごま》の粒を落したような可愛《かわい》らしい目がついている白魚である。

たとえ、料理をした白魚とはいえ、おもわず発した吉野さんのつぶやきを、私は忘れることができない。

この、つぶやきゆえにこそ、私は亡き吉野さんが大好きなのだ。

白魚のしゅんは二月といわれるが、春の足音は目立たぬように近寄っていて、明るい灯火の下で、無残や、酔客の口中へ入る白魚の姿に、短い春の果敢《はか》なさが感じられる。

ところで、江戸の白魚は、徳川御三家の一、尾張《おわり》家から将軍へ献上され、これを品川沖へ移し、やがて江戸湾に浮かぶ佃島《つくだじま》の漁師たちへ漁猟権があたえられたという。

「……佃島は殊更《ことさら》白魚に名あり。故《ゆえ》に冬月《とうげつ》の間、毎夜、漁舟《ぎょしゅう》に篝火《かがりび》を焼《た》き、四手《よつで》網《あみ》をもって是《これ》を漁《すなど》れり。都下おしなべて是を賞せり。春に至り、二月の末よりは川上に登り、弥生《やよい》の頃、子を産す」

佃島の白魚網

と、物の本にある。

あくまでも淡泊な、ほろ苦い白魚の味は、若いころの私には格別に旨《うま》いともおもえなかったが、その美しい姿態には、いまも心を奪われてしまう。

そこへゆくと、蛤には目も口もない。

むかしは、陰暦の三月三日の雛節供《ひなせっく》から仲秋の八月十五夜まで、蛤を口にせぬのがならわしだったという。

ゆえに、蛤には、逝く春を惜しむ風情《ふぜい》がある。

先ず、貝の中で、これほどに旨いものはない。

鍋《なべ》にしてよく、焼いてよく、煮てよく、蒸してよい。

ことに、独活《うど》をあしらった塩味の吸物は私が最も好むところのものだ。

だが、吉野さんは何と、この蛤が大きらいだった。

「そんなものを、よく食べるねえ、君は……」

顔を顰《しか》める吉野さんへ、私が、

「主人《たいしょう》は、こんな旨いものが、どうしてお嫌いなんです?」

「嫌いなものは嫌いなんだ。願わくは君、私の前で、そんなものを食べないでおくれ」

と、何やら哀《かな》しげに、訴えかけるようにいうのである。

三井さんは、

「うちの主人《たいしょう》は、蛤に苦い汁をのまされたことがあるんじゃあないかねえ」

一度だけ、私に洩《も》らしたことがあった。

むかしの蛤は、庶民の食べものだった。

飯に炊《た》き込み、もみ海苔《のり》をかけて食べたり、葱と共に味噌《みそ》で煮て丼飯《どんぶりめし》へかけて掻《か》き込む深川飯など、私も少年のころによく食べさせられたものだ。

かの〔本草綱目〕には、

「肺を潤《うるお》し、胃を開き、腎《じん》を増し、酒を醒《さ》ます」

とあって、栄養価も高いのではないか。

伊勢《いせ》の桑名の旅宿〔船津屋〕へ泊ると、朝の膳《ぜん》に蛤が入った湯豆腐が出る。

いまも出しているか、どうか……。

この湯豆腐で酒をのむ旅の朝の一時《いっとき》は、何物にも替えがたかった。

いまの蛤は、何しろ高い。

とても庶民の口へは入らぬ。

それでも、ほんとうに旨い蛤を食べさせる鮨《すし》屋や料理屋が東京にもないではないが、仕入れは絶対に秘密である。私も知らぬ。
それほどに、蛤らしい蛤が滅びつつあるわけだろう。

四月　鯛《たい》と浅蜊《あさり》

子供のころ、私は鯛を食べたおぼえがない。

父母が離婚する前は、父が宴席から、折詰をさげてきて、その中に鯛の塩焼きも入っていたろうが、何しろ、父母は私が七歳のときに離婚してしまったので、その記憶もない。

小さいときの記憶というのは……たとえば、石切場で遊んでいたとき、石が落ちてきて怪我《けが》をしたとか、父と共に日本橋の写真屋で記念撮影をしたとか、五つか六つの、そうした記憶はあざやかに残っていながら、食べものについての記憶は、ほとんどない。

子供が好きな食べものといえば、およそきまっていて、味覚への特別な感動もなかったにちがいない。

少年になってからは、母が女手ひとつに私たち兄弟を育てていたのだから、腹いっぱいに食べさせてもらってはいても、ぜいたくなものが口へ入るわけはない。

もっとも私は小学生のころから、大人のまねがしたくて、小遣いをためてはデパートの食堂へ行き、ビフテキなどを一人でやったことはあるけれども、デパートの食堂に鯛の料理はない。また、あったところで、私は見向きもしなかったろう。

子供のころは、野菜や魚よりも肉だ。そして甘いものだ。

小学校を出て、すぐに私は株式仲買店ではたらきはじめ、そうなると行動の範囲もひろくなり、商売柄、小遣いもたっぷりあるというわけで、自然、いろいろなものを口にするようになった。株券の名義書き替えのため、自転車に鞄《かばん》をつけて丸の内の会社まわりをしていたころ、同じ株屋の店員だった井上留吉と共に、はじめて銀座の資生堂で、こんがりと焼けたトーストの上にローストビーフが乗っている［ホット・ローストビーフ・オン・トースト］を食べたときのおどろきは、いまもって忘れがたい。世の中に、こんなうまいものがあるとは知らなかった。たしか一円だったとおもう。

当時の一円で映画の封切が二回観《み》られた。

こうしたわけで、物怖《ものお》じもせず、諸方へ食べに出かけはじめたが、日本橋の三越の手前に〔花むら〕という店があって、ここは、むかし、日本橋に魚河岸があったころの名残りをとどめているかのような……たとえば、上等の〔めしや〕といったらよいか、しかし〔めしや〕というには、あまりにも、しゃれている店だし、さりとて料理屋と一言ではいいきれぬ昔ふうの味わいがあって、入口を入ると鉤《かぎ》の手の土間にかこまれた入れこみの大座敷で、たしか籐畳《とうだたみ》が敷きつめてあった。

私は、この〔花むら〕で、はじめて鯛の刺身を食べ、これまた、あまりのうまさに目を剝《む》いたのだった。

はじめて入ったとき、何を食べたかおぼえていないが、そのとき、となりにいた老人の客が鯛の刺身で御飯を食べているのが、あまりにうまそうだったので、四、五日して、また〔花むら〕へ行き、鯛を注文したのだった。

それから私は、鮪《まぐろ》よりも何よりも、刺身なら鯛が大好物になってしまった。

まさに、鯛は魚類の王様といってよい。

風姿、貫禄《かんろく》、味、ともに王者の名にそむかぬ。

食べごろの鯛は、さまざまの調理に応じ、千変万化する。その味わいの複雑さには驚嘆するほかはない。

鯛の味が落ちるのは産卵後の初夏のころで、秋冬の成熟した味もよいが、何といっても鯛には春の季節感がある。

四国の今治《いまばり》の近見山《ちかみやま》あたりの料亭で出す桜鯛《さくらだい》の塩蒸しを、芽しょうがをあしらった大皿へ横たえ、おもうさまに食べるうまさ、たのしさは格別だが、あまりにも立派で美しい、その姿を見ては、白魚に詫《わ》びながら箸《はし》をつけた吉野さんではないが、おもわず鯛に向って、

「ごめんなさいよ」

と、いいたくなる。

人間なんて、実に、むごいものだ。

私が、家で鯛の刺身をやるときは、生醬油《きじょうゆ》へ良い酒を少し落し、濃くいれた熱い煎茶《せんちゃ》へ塩をつまみ入れたのを吸物がわりにして御飯を食べる。

私にとって、鯛の刺身は酒よりも飯のものだ。

むろん、酒の肴《さかな》にしても悪かろうはずはないが、何といっても温飯《ぬくめし》と共に食べる鯛の刺身ほど、うまいものはない。

もう二十何年も前のことだが、春の夕暮れどきの銀座を歩いていて鯛の刺身を食べたくなり、有名な店へ入ったが、ふところがさびしかったので、隅のほうの椅子《いす》へかけ、鯛の刺身と蛤《はまぐり》の吸物で酒一本をのみ、刺身を半分残しておいて御飯を一ぜん食べ

て「ああ、うまかった」と、おもわず口にしたら、カウンターの向うの板前が、にっこりと笑って軽く頭を下げてくれた。

いまの、この店には、こうした雰囲気が失われてしまったし、客に出す料理も実にひどいものになってしまった。

折詰の、さめてしまった鯛の塩焼きもいいものだ。

深目の鍋《なべ》に湯を煮立て、鯛はまるごとに入れ、煮出したら豆腐のみを入れる。味つけは酒と塩のみがよい。

これを小鉢へ引きあげ、刻み葱《ねぎ》を薬味にして食べるのは、飯よりも酒のときだろう。

瀬戸内海の備後《びんご》灘《なだ》に面した鞆《とも》の鯛網は有名なもので、私も一度だけ見物をしたことがある。

鯛網に来てゐる鞆の芸者かな　　桂樹楼

また、こんな句もある。

再縁といへど目出度し桜鯛　　麻葉

同じ春のものでも、鯛とちがって浅蜊は、私どもが慣れ親しんだ食用貝（蛤科）である。

私が子供のころ、浅蜊は買いに行かなかった。

毎日のように、荷を担《かつ》いで売りに来たものだ。

河竹黙阿弥《かわたけもくあみ》の〔鼠小僧《ねずみこぞう》〕の芝居に出て来る蜆《しじみ》売りの三吉のような子供が大きな笊《ざる》を担いで売りに来ることもあった。

「アサリ、シジミ……」

の売り声がきこえると、祖母や母が、ほとんど笊を手にして台所から出て行ったものだ。

貝のまま入れた味噌汁や、葱と合わせ、酢味噌で和《あ》えたヌタなど、大人たちといっしょに、いつも食べていたが、別にうまいとはおもわなかった。

だが、浅蜊のむき身を繊切《せんぎ》りにした大根と、たっぷりの出汁《だし》で煮て、これを汁と共に温飯へかけ、七味トウガラシを振って、ふうふういいながら食べるのは大好きだった。

もう一つ、浅蜊飯もいい。

これは、先《ま》ず、むき身を煮出しておいて、いったん、引きあげてしまう。そして煮汁を酒、塩、醬油で味つけし、これで飯を炊く。飯がふきあがってきたとき、出しておいた浅蜊のむき身をまぜ込み、蒸らすのである。

この二つは、いまも好きだ。安価で、うまくて、いかにも東京らしい味がするし、男の独り者だって、わけなくできる。

母あつて心足らうや浅蜊汁　征矢

浅蜊とるさざ波洗うふくら脛《はぎ》　稲村

五月　鰹《かつお》とキャベツ

河竹黙阿弥の傑作〔梅雨小袖昔八丈《つゆこそでむかしはちじょう》〕の二幕目の、深川・富吉町《とみよしちょう》の髪結新三《かみゆいしんざ》内の幕が開くと、前夜、材木商の白子屋《しろこや》の一人娘お熊《くま》を誘拐し、自分の長屋の戸棚へ押し込めた小悪党の新三が湯屋から帰って来る。

房楊枝《ふさようじ》を頭へさし、広袖《ひろそで》の手ぬぐい浴衣《ゆかた》、高銀杏歯《たかいちょうば》の下駄《げた》を履いた新三が花道から出ると、その後から魚屋の新吉が盤台《ばんだい》へ初鰹を入れ、売り声をあげてついてくる。すばらしい情景だ。

この芝居を初めて観たのは、まだ少年のころであったが、いうまでもなく新三は六代目菊五郎で、歌舞伎《かぶき》座の客席に初夏の薫風《くんぷう》が香るおもいがした。

新三は舞台へかかって、初鰹の片身を三分《ぶ》で買う。三分といえば、あと一分で一両になるわけだから、現代の生活感覚の上からは五万にも六万にもつくだろう。

通りかかった近所の男が、

「よく、おもいきって買いなすったね。わたしなどは三分あると単衣《ひとえもの》の一枚も買います」

そういうと魚屋の新吉が、

「お前さんのような人ばかりあると魚売りはあがったりだ。三分でも一両でも高い金を出して買うのは、初《はつ》というところを買いなさるのだ」

と、やっつける。

江戸っ子と初鰹については、くだくだと書きのべるまでもあるまい。

南方から海をわたってくる鰹の群れは、薩南《さつなん》から土佐を経て紀州へ。さらに遠州灘《なだ》をすぎ、伊豆《いず》半島へかかるころには脂《あぶら》ものって、初鰹のシュンということになる。

新三は誘拐したお熊をつかって、白子屋から大枚百両を強請《ゆす》りとるつもりだから、気前よく三分も張り込んだのだろう。

この初鰹は小道具として劇中にも絶妙に使われる。

默阿弥の芝居の中でも、もっとも、私が好きなものだ。六代目の新三のとき、魚屋を演じていた尾上多賀蔵《おのえたがぞう》は、いまも尾上松緑《しょうろく》の新三に魚屋で出るが、数年前、尾上梅

髪ゆい新三の魚や
S.IKENAMI

幸と中村又五郎のために私が〔市松小僧の女〕という芝居を書いたとき、多賀蔵に魚屋の新七を演じてもらった。こうしたときのたのしさは芝居の脚本と演出をする者にとって、たまらないものなのだ。

そのときの魚屋の台詞《せりふ》を、ちょっと書いてみようか。

「ええ、おかみさん。浅蜊《あさり》をもってきました。それから、こいつは銚子比目魚《ちょうしびらめ》だが、ばかにできやせん。ここの旦那《だんな》が好きだから持って来ました」

と、いうのである。

さて……。

太平洋戦争がはじまる前の、銀座の裏通りの小料理屋で、枝豆でビールを一本のみ、鰹の刺身を卸《おろし》ショウガで口へ運ぶとき、

(いよいよ、夏だな……)

しみじみと、そう感じたものだ。

それで勘定はたしか、一円五十銭ぐらいなもので、二円出して釣りを店のねえさんにやるというわけ。

それから、次なる場所へ元気一杯、繰り出したのである。

生鰹節《なまり》は鰹節にするときの未乾燥品だが、これを野菜と煮合わせたり、ことに割い

たのを胡瓜《きゅうり》や瓜《うり》と合わせて甘酢をかけまわしたものは、私の大好物だ。これは、東京の下町に住み暮す人びとのなつかしい惣菜《そうざい》でもあった。

鰹のタタキも悪くはないが、私には、やはり刺身がよい。そしてまた、鰹の刺身ほど、初夏の匂《にお》いを運んでくれる魚はない。

初鰹　伊勢屋の門は駆けて過ぎ

という川柳がある。

金持ちの吝嗇《りんしょく》を江戸っ子が嘲笑《ちょうしょう》したのだ。

鰹は初夏の江戸の町に活《いき》のよい姿をあらわし、海に在る群れは秋風が吹くころ、三陸沖に至る。

秋の鰹もいいという人もいるが、何といっても東京に住む者にとっては、初夏の魚《うお》だ。

こんな句がある。

引提《ひっさげ》て　座敷へ通る鰹かな　　津富

舟着けば　たちまち立ちぬ鰹市　　道草

ところで、キャベツもまた、私にとっては初夏のものだ。

キャベツは、ヨーロッパ原産の蔬菜《そさい》で、日本へは江戸時代の初期に渡来したそうな。

そのころのキャベツは、

「めずらしきものなり」

というので、観賞用に好まれた。

一般に食用として普及したのは明治初年だろう。洋食も同時に普及されたわけで、後年、ポーク・カツレツという日本風洋食に、キャベツの繊切りをつけ合わせたのがよくて、ポーク・カツレツにキャベツは切っても切れぬものとなった。

ウスター・ソースをたっぷりとかけ、からりと揚がったカツレツにキャベツをそえ、熱い飯で食べるうまさは、ほんとうに飽きない。

初夏の新キャベツの歯ざわりはことによろしく、銀座の古い洋食屋へ出かけてカツレツを食べるときは、

「別に、キャベツを一皿」

と、注文するほどだ。

ナイフを入れると、コロモが音をたててくずれ割れてくるようなカツレツが大好きで、こういうカツレツこそ、キャベツの味も生きてくる。

子供のころは、ほとんど野菜に興味をしめさないものだが、キャベツだけは別なのではあるまいか……。

茹《ゆ》でたジャガ芋を親指のふとさほどに切り、パン粉をつけて、こんがりと揚げたポテト・フライを新キャベツと共に食べるのは、ビールの肴《さかな》に何よりのものだ。

三年ほど前（昭和五十二年）に、南フランスのニースのカフェで、シャンパンをのんだとき、

「シャンパンに、もっともよい肴をたのむ」

といったら、たちまちにポテト・フライが出てきた。

キャベツも、この冬などは一個六百円という途方もない値段をつけられてしまい、親戚《しんせき》の女が、

「ロール・キャベツほど安あがりでうまいものはなかったのに、こんなじゃあ、キャベツにもありつけない」

と、こぼした。

去年、つくりすぎて売れ行きが悪かったので、今年は控えめにつくり、値が上ったた

のだという。

それもあろうが、近ごろの子供たちは、キャベツとポテト・フライの組み合わせなどに、あまり食欲をそそられなくなってしまったのだろう。

私どもの小学生のころは、小遣いをもらうと、甘いものよりも、肉屋でポテト・フライを買い、キャベツと共に食べるのを何よりもたのしみにしたものだった。

そして、キャベツと胡瓜の塩漬け。これも私には欠かせぬものだ。

六月　鮎《あゆ》とさくらんぼ

魚の塩焼きといえば、何といっても鮎だろう。

ただし、焼きたてを、すぐさま頬張らぬことには、どうにもならぬ。

出されたのを、そのままにして酒をのみながら、はなし合っていたりしたら、その隙《すき》に、たちまち味は落ちてしまう。

なればこそ、近江《おうみ》・八日市《ようかいち》の料亭〔招福楼《しょうふくろう》〕などでは、客座敷の庭に面した縁側へ炭火の仕度をして、料理人が鮎を焼き、焼いたそばから食べさせる。

あまりに旨《うま》いので、

（もう少し、食べたい……）

おもう途端に、こちらの胸の内を見通したかのように、おかわりの鮎が運ばれてくる。

魚を食べるのが下手な私だが、気ごころの知れた相手との食膳《しょくぜん》ならば、鮎を両手に取って、むしゃむしゃとかぶりついてしまう。

鮎はサケと同類の硬骨魚だそうな。

清らかな川水に成育するにつれ、水中の石に附着する珪藻《けいそう》や藍藻《らんそう》(石垢《いしあか》)を餌《えさ》とするので、それがため、魚肉は一種特別の香気を帯びる。その香気。淡泊の味わい。たおやかな姿態。淡い黄色もふくまれている白い腹の美しさを見ていて、

「ああ……処女を抱きたくなった……」

突如、けしからぬことを叫んだ男が、私の友だちの中にいる。

いまは、鮪《まぐろ》でさえも養殖しようという世の中になってしまったけれども、鮎だけは、

「夏来《きた》る」

の、詩情を保ちつづけている。

歌舞伎俳優・市川猿翁《えんおう》(二代目猿之助《えんのすけ》。現・猿之助の祖父)は、昭和三十八年六月に七十五歳で病没したが、死の二日前に、弟の市川中車《ちゅうしゃ》へ、

「鮎の塩焼きが食べたい」

と、いったので、中車は、知り合いの料理屋へ行き、

「兄の病気は心臓なのだから、塩を少くして、届けてくれ」

と、たのみ、自分は仕事で他《ほか》へまわり、夜更《よふ》けてから兄・猿翁の家へ電話をすると、「兄は、どうしても私に礼をいいたいからと、寝ないで待っているというものですから、すぐに駆けつけますと、兄は、しみじみと、うまかったよ、ありがとう、と、いってくれましてね」

後年、私が書いた芝居の稽古場《けいこば》で、こういって、中車氏は微《かす》かに泪《なみだ》ぐんでいた。

鮎くれて　よらで過行夜半《すぎゆくよわ》の門　蕪村《ぶそん》
山の色　釣り上げし鮎に動くかな　石鼎《せきてい》

二つとも、私の好きな句だ。

京都市の北西四里のところに、有名な愛宕山《あたごさん》がある。
山頂の愛宕神社の祭神は伊弉冉命《いざなみのみこと》、稚産日命《わくむすびのみこと》ほか数柱で、古いむかしから鎮火の神として朝野の崇敬があつい。
かの明智光秀《あけちみつひで》が織田信長《おだのぶなが》弑逆《しいぎゃく》の吉凶をうらなったのも、この愛宕神社だ。

愛宕山から五十余町の山道を下り、清滝《きよたき》川を渡り、試坂《こころみざか》を越えると、そこに、愛宕社の一ノ鳥居が緑したたる木立を背に朱色《あけいろ》の姿を見せている。

その鳥居の傍《そば》に、わら屋根の、いかにも古風な、平野屋という掛け茶屋がある。このあたりの景観も少しずつ壊れかけてきているが、私が二十何年も前に、はじめておとずれたときは、

「江戸時代そのもの……」

が、現出している感があった。

平野屋は、享保《きょうほう》のころからある古い茶屋で、愛宕詣《もう》での人びとが、先《ま》ず此処《こ》で一息いれてから山道をのぼったのであろう。

むかしは、保津《ほづ》川や清滝川でとれる鮎を、この茶屋まで運び、荷の中の鮎へ水を替えてやってから、京へ運んだという。茶屋の中も、江戸時代のおもかげを色濃くとどめてい、夜に来て、酒飯《しゅはん》をしているときなど、照明も淡いので、

(夢の中にいるような……)

気分になってしまう。

もう、ずいぶん前のことだが、昼ごろに独りで来て、谷川をのぞむ縁台の緋毛氈《ひもうせん》の上で鯉《こい》の洗い、鮎の背越《せご》しに塩焼きを思うさま食べた。

愛宕社・一ノ鳥居の茶屋

山肌の青葉に埋もれつくしたかのような茶屋の中まで嵐気《らんき》がみち、顔も躰《からだ》も、箸《はし》を持つ手も真青に染まってしまいそうだった。

このときの自分のことを江戸時代へ移し、自作の〔鬼平犯科帳〕の一篇〔兇剣《きょうけん》〕で、つかったことがある。

京都へ出張した火付盗賊改方の長谷川平蔵《はせがわへいぞう》が、供につれた同心・木村忠吾《ちゅうご》と共に愛宕山へ参詣《さんけい》し、その帰りに平野屋で酒飯をする。その一節に、

木村忠吾ならずとも、まさに極楽の気分、食事をすませ、平野やを出て、参道を化野《あだしの》へ向ううちにも、

「めずらしく酔うた……」

長谷川平蔵の足どりが、ゆらゆらとゆれはじめた。二人がのんだ酒は相当の量であり、平蔵がこれなのだから、忠吾のほうはたまったものではない。

とあって、二人は嵯峨野《さがの》の草原《くさはら》の中へ躰を横たえ、昼寝をはじめる。

そして夕暮れどきに目がさめたとき、事件が起るわけだが、私自身の場合は、目ざめると、すぐ目の前の木蔭《こかげ》で若いアベックが喋々喃々《ちょうちょうなんなん》とやっていた。

急に、おもしろくなってきて、

「わあっ!!」

と、大声をあげて立ちあがったら、

「きゃあっ!」

女が男へしがみつき、二人は一散に駆け去ってしまった。

実に、わるいまねをしたもので、こうして書いていても冷汗がにじむ。

私は五十をすぎたいまでも、こうした、いたずら気分が残っていて、われながら閉口してしまうのだ。

ところで……。

六月というと、ちかごろは、さくらんぼを思い出すようになった。

それというのも、三年前の六月に、フランスを旅したとき、パリでも、南フランスの行く先々の町でも、さくらんぼが出盛りで、

「うまい、うまい」

友人たちといっしょに、毎日のように食べた。

日本のさくらんぼも、つつましい味わいがあってよいが、フランスのは甘味したたるばかりのうまさで、ニースの市場の中を車で抜けたときなど、窓から手を出して、

二袋も三袋も買ったものだ。
以来、さくらんぼは、私の夏の大好物になってしまった。

七月　茄子《なす》と白瓜《しろうり》

「こんなものが、どうして、こんなにうまいのか知らん」

私がそういうと、同年兵の山口上等水兵が、

「まったく、こんな、つまらねえ、栄養もなさそうなものが、なんでこんなにうまいのだろう」

と、いった。

それは、もう三十何年も前のことで、そのころの山口と私は、横浜海軍航空隊にいた。

申すまでもなく、太平洋戦争中のことである。

私たちが、何を、こんなに旨《うま》がっているかというと、それは茄子だった。

子供のころから、そのときまで、茄子を口にしなかったわけではないけれども、旨いと感じたことはただの一度もなかった。

ところが海軍へ入って、どんなものを食べさせられたかというと、たとえば入隊第一日の夕食には、鰯《いわし》とサツマイモをいっしょに蒸気釜《がま》へぶち込んで炊《た》きあげたものと、タクアンが二片。

いやもう、生臭くて食べられたものではなく、顔を顰《しか》めていると、教班長がにやにやしながら、

「お前たち、いまは、そんなぜいたくをいってるが、二、三日して見ろ。目の色を変えてかぶりつくようになるから」

と、いった。

そのとおりだ。朝から夜まで休む間もない訓練で躰《からだ》をつかいつくし、三時の御八ツ《おやつ》も出ないのだから、たまったものではない。

鰯とサツマイモの炊き合わせであろうが何であろうが、口へ入るものであれば旨くて旨くてたまらなくなってくる。

ある同年兵は、

「犬の糞《くそ》でも食いたい」

切実にいったものだ。

こうして、新兵から上等水兵になり、海軍の生活にも慣れてきて、ことに航空基地などへ配属されれば、菓子もあるし、牛肉もある。しかし、不足の最たるものは新鮮な生野菜だった。

香《こう》の物といえばタクアンか福神漬、ラッキョウの類《たぐい》ばかりである。

そこで、ひそかに烹炊所《ほうすいじょ》の兵と仲よくなり、タマネギをもらってきて細く刻み、生味噌《みそ》とまぜ合わせて食べたりする。

夏が来て、茄子が出るようになると、よく洗って薄切りにし、塩でもみ、さらに醤《しょう》油《ゆ》を落して食べる。

この茄子が、旨くて旨くて、たまらないのだ。

海軍へ入ったことによって、私の偏食は、ほとんど影をひそめ、好物が増えた。茄子もその一つである。

むかし、絵師の英一蝶《はなぶさいっちょう》が或《あ》る大名と張り合って手に入れた石燈籠《いしどうろう》へ灯《あか》りを入れ、夏の夕闇《ゆうやみ》も濃い庭をながめつつ、出入りの八百屋が置いて行った初物《はしり》の茄子一品のみを膳《ぜん》にのせ、これを肴《さかな》に酒をのみながら、

「天下に、これほどのぜいたくはない」

と、うそぶいたそうだが、石燈籠はさておき、漬きかげんの、あざやかな紺色の肌へ溶き芥子《がらし》をちょいと乗せ、小ぶりのやつを丸ごと、ぷっつりと噛《か》み切るときの旨さを何と形容したらよいだろう。

さほどに、この夏の漬物の王様の味わいは一種特別のものだ。

煮びたし、網焼き、蒸し焼き、シギ焼き。いずれもわるくはないが、何といっても糠《ぬか》漬けがいちばんだ。

茄子は南方温帯地方が原産地だというが、日本では千年あまり前から栽培をはじめてい、我国の風土が、この野菜の味わいを更に洗練させたといってよいだろう。

俗に、

「秋茄子は嫁に食わすな」

という。秋茄子があまりにうまいので嫁に食べさせると切りがないという姑《しゅうとめ》気質《かたぎ》をさしたものだとされているが、実は、茄子の食べすぎは女体を損うことを案じてのことらしい。

漬物もよいが、私は夏になると小さな焜炉《こんろ》へ金網をのせ、二つ割りにした茄子の切口へ胡麻《ごま》油を塗って焙《あぶ》り焼きにし、芥子醬油でやるのが好きだ。このときは冷酒を湯のみ茶わんでのむ。

茄子漬や　雲ゆたかにて噴火湾　　楸邨《しゅうそん》
漬けあがる　あけぼの色や茄子漬　　筍荘《じゅんそう》

うまく詠《よ》むものですねえ。


夏の野菜で、子供のころから大好きだったのは白瓜だ。

白瓜は、奈良漬の花形である。

香気も味わいも淡いのだが、その歯ごたえのよさ、さわやかさは夏の香の物としても花形だろう。私には胡瓜《きゅうり》よりも白瓜だ。

どういうわけか、子供のころの私は、薄打ちにして塩もみにした白瓜を、たっぷりとバターを塗ったパンの間へはさみ、白瓜のサンドイッチにして食べるのが大好きだった。

「ほらほら、そんなところへ、お香々《こうこ》を出しとくと、正太郎に瓜をみんな奪《と》られちまうよ」

などと、祖母が母に警告を発したこともしばしばだった。

「白瓜は孫に食わすな」

というところか。

いまも、塩もみの白瓜と、焼き茄子の味噌汁だけの夏の朝飯を、冬の最中《さなか》におもい浮かべている私なのだ。

小さめの茄子を軽く焙って皮をむき、濃目の味噌汁にするのは、まったくたまらない。

むろん、白瓜のサンドイッチはいまも好んでいる。

ところで……。

祖母は、白瓜の雷干《かみなりぼ》しをよくつくってくれた。

塩で一夜、圧《お》しをかけた白瓜を小口から螺旋《らせん》状にくるくると長くつなぎ切りにしたのを竿《さお》にかけて夏の日に干す。

こうすると妙に甘味が出てきて、風味がよい。歯ごたえは、さらにきっぱりとしたものになる。

これを適当に切って合わせ酢か、醬油で食べる。

こんなものでも、江戸時代の一流料亭の中には名物にした店があったというから、祖母の雷干しとは大分にちがっていたろう。

その料理屋は、上野広小路《ひろこうじ》にあった〔鳥八十《とりやそ》〕という店で、鳥の料理が自慢だったらしいが、特製の雷干しが香の物に出る夏を、常客は待ちかまえていたそうな。

私も何度か小説に書いた幕末の剣客・伊庭八郎《いばはちろう》。白皙《はくせき》の美男で、高二百俵の幕臣の家に生まれ、心形刀流《しんぎょうとうりゅう》の名手だった。この八郎が〔鳥八十〕の常客で、雷干しが大好物だったという。

のちに伊庭八郎は、榎本武揚《えのもとたけあき》ひきいる幕軍へ加わり、北海道・函館《はこだて》に攻め寄せる官軍と戦い、戦死をとげた。

このとき、八郎に附きそって最後まで、身のまわりの世話をした男がいる。名を鎌吉《かまきち》といい、〔鳥八十〕の板前だった。

八月　トマトと氷水《こおりすい》

澄みきった朝の大気。緑したたる木立。垣根の朝顔。そうした環境の庭の一隅で、まだ三十にはならぬ女が、小さな菜園のトマトを捥《も》いでいる。

女の傍《そば》に、四つか五つの男の子がいる。

女は、母である。男の子は私である。

ところは埼玉県の現・浦和市だ。

関東大震災に焼け出された父と母は、浦和へ引き移り、父は汽車に乗って、日本橋の店《たな》（綿糸問屋）へ通勤をしていたのだ。

父母にとっても、私にとっても、それは束《つか》の間《ま》の平穏な一時期であって、間もなく、父の店が倒産し、やがては、東京へもどった父母が離婚ということになる。

それからの父母はさておき、いまになってみると、私は別だんに苦労をしたともおもえないけれど、幼児のころの、四、五年にわたる浦和での平穏な生活は、後年の私へ非常な影響をあたえたといってよい。

幼時体験ということが、ちかごろは、よくいわれるようになったが、いまにしておもうと、人それぞれに、生まれてから（たとえ、意識はなくとも）五、六歳ごろまでの家庭環境は、善《あ》きにつけ悪しきにつけ、絶対に、それぞれの人の生涯を左右するといえる。

当時の浦和は、田園そのものだった。

トマトや茄子、胡瓜などの夏野菜を見ると、私は手づくりの実りを捥いでいる母の姿をおもい出す。後年の、男顔負けの、人がちがったような母の姿は其処《そこ》にはない。

子供のころの私は、かなりの偏食だったが、他《ほか》の子供が嫌がるトマトだけは大好きだったのも、浦和で食べ慣れていた所為《せい》だろう。

子供のころ、私はトマトの皮を剝《む》いてもらい、種を除《と》り、小さく切ったのへ醬油をかけて食べるのが好きだったが、小学校も五年生になると、弁当のほかに、

「おばあさん。一つ持って行くよ」

祖母にことわり、台所から一つトマトをランドセルへ入れ、昼食のときに塩をつけ

て食べる。

「よく、そんなものが食えるね」

と、同級の生徒たちがいった。

彼らは、ほとんど、トマトが嫌いだったようである。

トマト独特の、あの匂《にお》いを嫌がったのだろうが、いまのトマトには、いくら、あの匂いをもとめても消えてしまっている。

夏のうちに、何度かは、むかしの味に近いトマトを食べるが、それは農薬を使わぬ手づくりのトマトだから、手をまわさなくては食べることができないのだ。

「野菜ジュースが躰によい」

といわれて、一所懸命ジュースをつくり、のんでいるうちに躰を壊してしまった人がいるそうな。

つまりは、それほどに、人が口へ入れる物は汚染されてい、その影響は、近年、生まれてくる子たちへ歴然とあらわれるようになったという。

何とも恐ろしい世の中になったものではないか。

冷房も何もない、むかしの盛夏に、私たちをほっとさせてくれるものは、何といっても、緑蔭《りょくいん》と凮と、そして氷水だった。

ただの蜜《みつ》の上へ掻《か》き氷をのせたのが、たしか三銭。イチゴやレモンのシロップをつかったものが五銭。氷あずきとなると七銭ではなかったろうか。

むろん、氷あずきがいちばんうまい。うまいが、子供には高すぎる。

そこで私が考えたのは、駄菓子屋へ行き、餡《あん》こ玉《だま》を一銭で買ってきて、三銭の氷水の中へ入れ、かきまぜて食べる。こうすると、何だか氷あずきが合わせて四銭で食べられた気分になる。

または、煮た杏《あんず》を一銭（二個）で買ってきて、氷水の下へ潜り込ませておき、最後に冷え切った煮杏を食べる。

または、山盛りの掻き氷の上のほうを、皿に切ったトマトの上へ乗せておいて、氷水をのんでしまってから食べる。

冷蔵庫なぞ、私どもの家には無かった時代だ。

その冷えたトマトの味は、いまもって忘れられない。

友だちは、みんな、私のまねをするようになってしまい、夏になると近所の駄菓子屋の餡こ玉が売り切れになったものである。

戦争が終った昭和二十年の晩夏。

昭和20年、焼け野原の氷屋

海軍から復員して来た私が、焦土と化した浅草の一角に焼け残った家の二階を借り、祖母・母・弟と暮していたころ、

「兄さん。氷を売っているよ」

と、弟が眼をかがやかせて、二階に呆然《ぼうぜん》と寝ころんでいる私に知らせた。

「そうか、よし」

というので、弟と、たしか菊屋橋に近い焼け野原の一角へ出かけてみると、トタン張りの小屋の屋根の上に、白い布《きれ》へ〔氷〕と墨で書いたのが見えた。
四、五人の男女、子供たちが、まさに氷水を手にしているではないか。
おそらく、焼け残ったシロップを手に入れて開業したのだろう。

蜜はなくとも、そのイチゴのシロップの掻き氷を口へ入れたとき、私は何ともいえぬ心強さをおぼえたものだった。

(敗戦の日から、まだ半月もたっていないのに、氷水を売る店が出ている……)

このことだった。

敗戦のショックというよりも、

(これから、どうやって生きて行ったらいいものか……?)

と、おもい迷っていた私が、このとき、はじめて明るい気分になれたのだった。

私にとっての東京復興は、先《ま》ず一杯の氷水からである。

そのとき、弟と二人の氷水に、いくら金をはらったか、もう忘れてしまったけれども、

「ひえっ……氷水が、こんなに高いのか」

目を剝いたおぼえがある。

その後。

祖母が亡《な》くなって、母・私・弟は別れ別れになってはたらきはじめたのだが、たしか翌年の夏、高砂《たかさご》で間借りをしていた母が日暮里《にっぽり》へ部屋を借りて引き移ったとき、母の荷物を荷車に乗せ、私が運んだことがある。

その折、葛西《かさい》橋のたもとの屋台の氷屋で、母と氷水をのんだとき、氷屋の老爺《ろうや》が、
私たちを夫婦に間ちがえた。

それほどに、若いころの私は老《ふ》け顔だったのである。

九月　小鰭《こはだ》の新子《しんこ》と秋刀魚《さんま》

私の〔三年連用当用日記〕の八月一日の項には、

「八月三十日前後、コハダの新子」

と、記してある。

三年連用の日記だから、来年の、まだ未記入の八月一日の項にも、忘れぬように同じことが書いてある。

そして、八月の末から九月のはじめにかけての項を見ると、毎年、必ず、なじみのすしやへ行き、

「小鰭の新子、イカの新子を食べる」

と、書いてある。

すしに握る小鰭が成長すると鮗《このしろ》になるわけだが、この魚のにおいは一種特別のものがあって、すしやでの小鰭は酢魚の入門であり、また卒業でもあるといわれている。

いまは、マグロのトロなどが、すしの花形になってしまったけれども、百何十年も前に、江戸で握りずしが創《つく》られ、評判となったころは、小鰭が花形だったといえよう。

粋《いき》な恰好《かっこう》の鮨《すし》売りが、

「すしや、すし。コハダのすし」

と、売り声をあげてながしたものだが、こうしたすしは、大きな店がこしらえ、売り子を出したものであろう。

価《あたい》は一個四文《もん》だったそうな。まず、普通の菓子一個と同値だ。

やがて、幕末のころ、本所に〔与兵衛鮨《よへえずし》〕という店ができて、それまでは呼び売りや屋台専門だったすしに箔《はく》がついたのである。

主人《あるじ》の花屋与兵衛は、さまざまな握りずしを考案したらしいが、たとえば海老《えび》やイカ、白魚などの淡泊な味のものを握るときは、みじん切りの干瓢《かんぴょう》やシイタケ・もみ海苔《のり》などを、まぜ合わせた飯の上へのせて握ったというから、握りずしもなかなか贅沢《ぜいたく》になってきて、こうなると価も六文から八文、ものによっては一個十文もとるようになったなった。

こうした初代の与兵衛の創案は、たとえばいまも、東京風の〔ちらし〕などに、あきらかに残っているのである。

さて、小鰭だが……。

初風が吹きはじめる、ほんの数日の間、その新子がすしやに登場する。

わざわざ、三年連用の日記に記しておいて、

（食べはぐれないように……）

と、おもうだけに、その旨《うま》さは何ともいえない。

特有の臭みもまだついていない、若い魚の舌ざわりのよさ。白銀《しろがね》色に黒胡麻《ごま》を振ったような肌皮の照りも清々《すがすが》しく、

「もう一つ、いいかね？」

職人にたのむと、

「いまは、もう、コハダの新子なんて御注文は、ほとんどありません。遠慮なく召しあがって下さい」

と、いう。

すしやに出まわるのは、ほんの数日の間だけだから、その旨さを知っている人でも、

コハダ鮨売り
正

いそがしくはたらいていれば、つい忘れてしまう。

となれば、どうしても何らかのかたちで、忘れぬようにしておかねばならない。

その点、三年連用の日記は便利だ。小鰭の新子のみならず、年月を経て尚《なお》、忘れてならぬことを記しておくにもよい。

同じころには、イカの新子も、すしやに出る。これまた旨くもあり、すぐに姿を消してしまう。

初秋ともなれば、いよいよ秋刀魚の季節だ。

毎日のように食べて飽きない。

若いころは、どうもワタが食べられなかったものだが、いまは、みんな食べてしまう。

むかしは安くて旨い、この魚が私たちの家の初秋の食膳《しょくぜん》には一日置きに出たもので、夕暮れとなって、子供だった私たちが遊びから帰って来ると、家々の路地には秋刀魚を焼く煙りがながれ、旨そうなにおいが路地にたちこめている。

佐藤春夫に、有名な秋刀魚の詩があるけれども、むかし、詩人の卵だった或《あ》る青年が、子供の私をつかまえて、

「ぼくはね、正ちゃん。どうしても、秋刀魚のワタが食べられないので劣等感をおぼえるよ」

などと、なさけない顔つきでいったのを、いまもおぼえている。

秋刀魚は塩焼きにかぎるが、戦前に浅草・千束町《せんぞく》の小料理屋で、

「ちょいと、旨いもんですよ」

と、秋刀魚飯を出されたことがある。

いま、よくおぼえていないが、秋刀魚を蒲焼《かばやき》のようにしておいて、釜飯《かまめし》用の小さな釜の飯がふきあがったところへ入れて炊《た》く。

そして、私たちの前へ出すとき、手早く飯とまぜ合わせ、もみ海苔をかけて出してくれた……ようにおもう。

旨かったおぼえがあるが、これは、ちょいと家庭ではできない。できぬことはないが、うまくあがるまい。

いつまでも、いぶれる炭に秋刀魚焼く　　刀水

子供の私が、祖母に、

「何だえ、お前さんは。秋刀魚のワタを残してもったいないじゃあないか」

などと叱《しか》られるころ、夏からこのときまで、氷水で商売をしていた店が本来の焼芋屋に変る。

「それっ」

というので、私たちは駆けつけるわけだが、大カマドのようなものへ、サツマイモをびっしりとならべ、塩を振って大きな蓋《ふた》をするのを、唾《つば》をのみこみながら見まもっていたものだ。

芋を焚火《たきび》で焼くのもよいが、どうしても専門の焼芋屋にはかなわない。

子供のころ、一時、谷中《やなか》の伯父の家へ預けられていたことがあって、私が小学校から帰って来ると、女中のかねちゃんが、

「正ちゃん。たのみますから、ヤキイモ買って来て」

私にたのみ、伯父夫婦の留守をさいわい、かねちゃんは湯殿で焼芋を食べていた。

むろん、私にも半分くれた。

新聞紙の袋に入った焼芋を買って帰る秋の夕暮れの道を歩みながら、

(もう直《じ》きに、お正月が来る……)

子供ごころにも、しみじみと、そうおもった。

そして、無花果《いちじく》や石榴《ざくろ》の実も秋のものだが、いまの子供たちは、こうした秋の果実を口にすることもないようだ。

十月　松茸《まつたけ》と栗《くり》

針箱に　よせて栗むく小桶《こおけ》かな　　たけし

右の句のような情景を、むかしの子供たちは経験していることだろう。

縫いものをしている祖母が小刀《こがたな》を出して、孫の私に、茹《ゆ》でた栗をむいてくれるわけだが、子供のころは、茹で栗なんぞさしてうまいとはおもわなかった。栗でうまいのは、きまっている。正月の栗のきんとんだ。子供にとって、これだけは、何といっても正月の御節《おせち》料理の王様なのである。

むかしは食べものと季節がぬきさしならぬものとなっていたので、東京の下町に貧しく暮していた人びとも、できうるかぎりは、季節のたのしみを味わおうとした。

焼栗の、例の〔甘栗太郎〕は茹で栗よりもうまい。だから子供たちは空地で焚火をして、栗を焼いたものだ。

大人たちは、さっそく栗飯を炊く。

食膳に栗飯が出ると、子供たちは、正月が近づいて来たとおもう。

栗飯や　いつのほどより時雨《しぐ》れゐし　三山

酒肴《しゅこう》一ぜん　めしは栗のめし　椎花《しいか》

こうした句に、しみじみと心をとらえられるようになるのは大人になってからだろうが、それも子供のころから、自然に育《はぐく》まれていた季節感あればこそだろう。

いまの子供たちは、栗を食べるだろうか。

大人たちは子供に栗を食べさせるのだろうか。

子供は自分の小遣いで、ひとりで栗を買いに行くことはないだろう。むかしもいまも……。

栗を買うくらいなら、もっとほかの、好きなものを買ってしまう。

去年（昭和五十四年）、九月の中ごろにフランスへ行き、パリに二日ほどいて、南フランスからスペインを半月ほどまわり、十月のはじめにパリへもどって来た夜、レンヌ通りを歩いていると、早くも焼栗売りが出ていた。

大人たちが目を輝かせて、冬のパリの風物詩ともいうべき焼栗売りを囲み、小さな袋に盛られた焼栗を買っている。

私も買った。小さくてまるくて、日本の栗よりも甘いフランスの栗の皮をむき、食べながら、ホテルへもどった。

そして夜更《よふ》けに、銀製のフラスコへ入れておいたブランデーをのむときの相手として、この焼栗は絶好だった。

日本の栗は、北海道以外の全土に分布しているという。

初夏のころ、山歩きをしていて、ふさふさと白い花をつけている栗の木のまわりには妙に悩ましい匂《にお》いがただよってい、こんなに官能的な花をもつ木から、あのような実がとれるかとおもうと、これまた、妙な気がする。

栗飯といえば……。

太平洋戦争が終った年の秋に、焼け残った町の一角の小さな部屋に住んでいた私を、友人が訪ねて来た。

「ねえ、君。これは栗だろう。たしかに栗だろう?」

パリの焼栗売り

こういって友人は、ポケットから五、六個の栗を出した。

「栗だよ、たしかに。どうしたんだ?」

「落ちてた」

「へえ……?」

「稲荷町《いなり》の地下鉄の階段をあがって来たら、これだけ、栗が落ちてたんだ」

栗どころか米も手に入らなかったころだ。

「よし。栗飯にしよう」

大切にとっておいた米で、私たちは栗飯を炊いた。

「うまいねえ。栗飯が、こんなにうまいものだとは……」

「どうして落ちていたのだろう?」

「買出しの人の荷物からでも、こぼれたのじゃないか」

栗飯もよいが、モチ米とウルチ米で蒸しあげた栗強食《こわめし》。家庭では、めったに口へ入る機会はないが、料理屋などで出ることもあって、これは私の大好物だ。

松茸……これも、あまり、子供のころには興味をおぼえなかった。

むかしもいまも、東京では、松茸は高い。

先夜（八月はじめ）銀座を歩いていると、早くも路傍で松茸を売っていた。三本で九千円だった。今年の冷夏が、こんなに早く松茸の姿を見せることになったものか。ハシリの松茸にしては、ずいぶん大きかった。

祖母や母は、ほんの少し買って来て、秋のうちに一度か二度、松茸飯をこしらえたものだ。

松茸は、赤松の林の中に生じる。

京都一帯の松茸は、とりわけうまい。その中でも、むかしは伏見の稲荷山が名物だったそうな。

幕末のころ、京都守護職として在任した会津の殿さま・松平容保《まつだいらかたもり》は、京都へ来て、はじめて松茸の味覚を知り、

「何としても、会津に移したいものじゃ」

というので、稲荷山の松茸を土のついたまま長持ちへ入れ、早飛脚をもって会津へ運ばせた。

そして、何でも東山温泉に近い赤松林へ移植したらしいが、そのときは失敗に終った。

しかし、松茸の笠《かさ》から落ちる無数の胞子が、後年になってよみがえり、いくらかは

松茸を生じるようになったという。

だが、そのときは松平容保、すでに、この世の人ではなかった。

松茸の香気と、独自の歯ごたえは、ちょっと筆や口にはつくせぬものがある。

河豚《ふぐ》と同じで、

（こんなものに、どうして、こんなに魅了されるのだろう？）

と、おもうが、われながら、

「それは、こうだ」

はっきりとした、こたえは出ない。

秋になって町中《まちなか》の洋食屋へ行くと〔松茸フライ〕の紙が下っていて、揚げたてにレモンをしぼって食べるのは、まさに日本的洋食の醍醐味《だいごみ》だ。

二度ほど、信州の赤松林で松茸狩りをやり、落葉をあつめて火を熾《おこ》し、その中へろくに洗いもせぬ松茸を突込み、蒸し焼きにしたやつを指で引き裂いて食べたことがある。いまも、そのときの味が忘れられない。

こうして食べるのが、もっともよいのだろうし、家庭でやるときは、丸のままの松茸を日本紙で包み、焜炉《こんろ》で蒸し焼きにする。けれども、いまは炭も手に入りにくいし、つい面倒になってしまう。

　手軽にやるときは、フライパンに良質のバターを熱し、裂いた松茸をさっと炒《いた》め、塩とレモンで食べるのが、いちばんよい。

　鶏鍋《とりなべ》の中へ肉厚の松茸を入れ、煮すぎないようにして引きあげて食べるのも好きだ。

　松茸飯、吸物、どびん蒸し。

　何にしてもうまい。何にしても、その独自性が失われない。

　さんざ、うまいものを食べてきた老人が重病となり、死期がせまった夏に、

「ああ、せめて秋まで生きていたい」

と、いった。

　息を引きとる前に、松茸が食べたかったのである。

　　松茸の　山かきわくる匂ひかな　　文考

十一月　葡萄《ぶどう》と柿《かき》

年少のころの私は、どちらかというと偏食のほうだった。

だが、太平洋戦争がはじまって海軍にとられ、その兵舎での生活と、戦後のだれもが体験をした食糧不足の明け暮れは、私の偏食を否応《いやおう》なしに矯正してくれた。激しい教練の日々には何を食べても、いくら食べても、食べ足りるものではないのだ。食べなくては死んでしまう。

戦争が終り、復員して来た私は、三度も家が焼けてしまっていたので、辛うじて焼け残った浅草の片隅の小さな家の二階を借り、母と弟と共に暮していた。

その隣りの、これも復員して来た青年A君の実家が甲州だというので、終戦の年の秋に、甲州ブドウが送られてきた。

「少しですが、食べて下さい」

A君がブドウを持って来てくれた。

私は、以前、ブドウなど少しもうまいとおもわなかった。一粒一粒を口へ入れてタネや皮を出すのが面倒だし、母が出してくれても手をつけなかったほどだが、このときばかりはブドウであろうが西瓜《すいか》であろうが、何だって口へ入るものならうまかったわけだから、

「どうも、ありがとう」

すぐに洗って、一粒つまみ、口へ入れるのを見たA君が、

「ダメだなあ」

と、いう。

「どうして？」

「ブドウは、そんなふうに一粒一粒やっていたんでは、ちっともうまくありませんよ」

「へえ。ほかに、食べ方があるんですか？」

「ま、ごらんなさい。こうやって食べるもんですよ」

A君は、一房のブドウを手にして高く持ちあげ、その下へ大きく開けた口をもって

ゆき、下の方からガブガブと頬張った。

そして、口の中へ一杯にふくらんだ何粒ものブドウをしゃぶり、残ったタネと皮をまとめて吐き出したのである。

「ふうむ……」

私は感心してしまった。こんな食べ方があるとは知らなかった。

「やってごらんなさい」

いわれるままにやって見ると、まるで味がちがう。

何しろ一房のブドウを三口ほどで食べてしまうのだから、口中にひろがるブドウの甘味が、まるで他《ほか》の果物を食べているようなおもいにさせてくれた。

以来、私は、このようにしてブドウを食べているわけだが、去年の秋、フランスのペリゴール地方のレ・ゼジーのホテルへ泊った翌朝、まだ霧がたちこめている道を散歩していると、日本のブドウにそっくりなブドウが道端にたくさん生《な》っている。別に栽培してあるわけではない。

そこで一房のブドウをもぎ取って小川の水で洗い、例の甲州式のやり方で大口を開け、食べていると、通りかかった村の爺《じい》さんと娘が瞠目《どうもく》して私に近寄り、フランス語ではなしかけてきた。

フランスのレ・ゼジーにて

むろん、わからないのでニヤニヤしていると、爺さんは娘と共にブドウをもぎ取り、私のまねをして食べはじめた。

食べて、また目を見はり、私にはなしかける。意味はわからなくとも、爺さんと娘さんが、かつての私のようにおどろきもし、うまいといっていることだけはよくわかった。もしやすると、今年の秋、レ・ゼジーでは甲州式のブドウの食べ方が流行しているかも知れない。

葡萄の種　吐出して事を決しけり　　虚子
酒しぼる　蔵のつづきや葡萄棚　　史邦
石垣は　素人《しろうと》造りや葡萄園　　夏堂

秋の果実で、子供のころから好きだったのは柿だろう。

幕末のころ、アメリカの使節を幕府が饗応《きょうおう》するとき、やわらかい柿に味醂《みりん》をかけまわし、デザートとして出したところ、大いに好評を得たそうな。

戦争中に食糧が不足となったとき、干し柿の甘味は、まことに貴重なものだった。

一茶が「夢に、さと女を見て」と前置きをして、

頬ぺたに　当てなどすなり赤い柿

の一句をよんでいる。

また去来には、

柿ぬしや　梢《こずえ》はちかき嵐山《あらしやま》

の句がある。

柿は端的に、そしてあざやかに秋の情景を表現する。

ことに舞台でつかうときは効果満点で、私もむかし、自分の芝居の舞台面に柿の木や吊《つる》し柿をよくつかったものだ。

赤い実が適当に大きいので、客席のだれの目にもはっきりとわかるのがよい。

登場人物に食べさせてもよい。

たちまち、そこには秋の季節感がただよってくる。

ことに、秋が深まったころに出る富有柿《ふゆがき》は、渋がぬけていてやわらかく、甘味も豊かで何ともいえずに旨《うま》い。

富有柿は明治年間に御所柿《ごしょがき》を改良して生まれた品種で、命名もそのときだったのだから、江戸時代をあつかった芝居の舞台で富有柿を出して、役者に、

「この富有柿は、たまらなく旨い」

などと、台詞《せりふ》を書いたら観客に笑われてしまうことになる。

大根を人参《にんじん》と共に和《あ》えた柿ナマスは、私の大好物だ。

渋い柿は、ヌカ味噌《みそ》に漬けると旨い。

子供のころ、魚の骨が私の喉《のど》にからみ、苦しんだことがあった。

そのとき八十をこえた曾《そう》祖母が、ちょうど家にあった柿の実を押しつぶし、それを千切って私の口へ入れ、

「一息にのんでおしまい」

と、いった。

目を白黒させながら、おもいきって柿の実をのみこむと、喉に立った骨がたちまちに抜け、腹中へおさまったものである。

私は柿の木も好きで、隣家の主人が私の書斎の窓まで伸びてくる柿の木の枝を切ろうとすると、いつも「そのままにしておいて下さい」と、たのむことにしている。

十二月　柚子《ゆず》と湯豆腐など

冬が来て、一年が終ろうとするころ、日本の味覚のゆたかさは、まさにクライマックスを迎えることになる。

魚では鮪《まぐろ》、河豚《ふぐ》、蟹《かに》、鰤《ぶり》、鮟鱇《あんこう》、寒鮒《かんぶな》、鱈《たら》、鮃《ひらめ》。

野菜も、白菜、大根、人参、小松菜、それに上方《かみがた》ではエビ芋が出まわってくる。

鮨《すし》屋も料理屋も活気がみなぎってくるし、家庭でも、この季節に、

「今晩のオカズ、何にしようかしら?」

などという主婦は、落第ということになる。

寒くなってきて、魚介の保存もきくようになり、したがって家庭料理の種目も増える。

鮪の刺身が残ったとき、これを山葵醤油《わさびじょうゆ》に一晩漬けておき、翌朝（といっても、私の第一食は昼ごろになる）の食卓に焜炉《こんろ》の網で焙《あぶ》りながら、熱い飯といっしょに食べるのは私のたのしみだ。

このために、わざと鮪を残しておく。山葵醤油の山葵も、このときは、むしろ粉山葵をたっぷりと使ったほうがよい。

濃くいれた煎茶《せんちゃ》へ塩をひとつまみ落し、吸物がわりにする。

これに大根の漬物をきざみ、柚子をかけまわしたものであれば文句はない。

柚子も秋の青柚《あおゆ》が熟し切って黄色くなり、その酸味と芳香は私にとって欠かせないものとなる。

いまは柚子も高くなってしまったが、

「柚子だけは贅沢《ぜいたく》をさせてくれ」

と、たのんでおき、毎食、魚介や漬物にかけてはたのしむ。

むかし、冬至の日には、町の銭湯でも柚子湯をやって、惜しげもなく柚子を浴槽にほうり込み、子供ごころにも、この日の湯屋の湯けむりの香りにはうっとりとしたものだった。

子供たちは、柚子の玉を投げたり打《ぶ》つけ合ったりして遊び、帰るとき、番台のおばさんにねだって一つもらってきたりするのを、親たちが早速、夕飯の膳《ぜん》に使ったりしたものだった。

あの赤穂《あこう》義士の頭領・大石内蔵助《くらのすけ》も柚子が大好物だったそうな。

そこで大石夫人は、秋のころに、熟した柚子をきざみ、味噌と合わせて擂《す》ったものへ柿《かき》の肉を加え、よく練りあげた柚味噌をつくり、たくわえておく。内蔵助の晩酌の肴《さかな》は、この柚味噌一品のみであったという。

元禄《げんろく》以前のころの、浅野家五万三千石の城代家老の、質素な暮しぶりが目に見えるようだ。

　　病みほけし身を沈めたる柚子湯かな　　都穂

冬になると、やたらに湯豆腐が出る。

簡単で、しかも旨いものだから、女たちは酒の肴に、これを出しておけばいいとおもいこんでいるようだ。

子供のころには、湯豆腐が出ると、

（またかい！）

うんざりしたものだ。

子供の飯の菜に湯豆腐なぞは、どうにもならない。

豆腐の味がわかるのは、大人になってからだろう。

湯豆腐をするとき、大根の細切りをいっしょに入れると何故《なぜ》か豆腐がうまくなる。

鍋《なべ》の中へ入れた壺《つぼ》の附け醬油へ、ほんの二、三滴、胡麻《ごま》油を落し込んでみるのもおもしろい。

東京では塩鱈を湯豆腐へ入れるが、鱈が獲《と》れる国の人たちは、

「東京の塩鱈なんて、食べられたものではない」

と、いう。

それはそうだろうが、東京の者には塩鱈はなつかしいものだ。

小松菜を入れた鱈の吸物へ柚子を二、三片浮かし、熱いのをふうふういいながらすりこむのは、本場の鱈汁にくらべたらどうにもなるまいが、東京の冬の食膳にはよく出されたものである。

いつであったか、もう二十年もむかしのことだが、劇作家の故・八木隆一郎さんと冬の大阪の町を歩いていたとき、突然、足をとめた八木さんが星空を仰いで、

「ああ……鱈汁を腹一杯、食べたいなあ」

江戸時代の豆腐売り
正太郎

叫ぶようにいったその声を、いまもおぼえている。

八木さんも、鱒の獲れる寒い国で生まれ育った人だった。

ところで、葱《ねぎ》も旨くなる。

大根と同様に、葱の応用も多種多様だが、鶏の皮を少々入れた葱の味噌汁や吸物は、この一椀《わん》で酒も飯もすませてしまうことができるほど、私の好物なのだ。

品質のよい葱の、ふとい白根のところをぶつ切りにし、胡麻油を塗って焜炉の網で焙り、柚味噌や塩で食べるのもよい。

私が小説によく使う根深汁《ねぶかじる》は、葱の味噌汁のことだが、ほんとうによい葱と味噌を使って根深汁をつくることは大分に金がかかるようになってしまった。

時代は大きく変ったのである。

ほと染めし夕日の窓や根深汁　旭川《きょくせん》
根深汁とろりと煮えぬ旅人宿　ひろし

河豚や鮟鱇が好きな人にとって、冬はたまらない季節だろう。

私は、たまらぬほど好きではないが、河豚の刺身を小さく切って、味醂を少し落した醤油にまぶし、熱い飯の上へ乗せ、ウズラの卵を乗せて食べるのは大好きだ。こういうものは、何しろ河豚を買って来なくてはならないから家庭では口にできぬ。外神田の〔H〕という小体《こてい》な料理屋で、これを〔河豚丼《どんぶり》〕と称して客に出しているのは、ありがたい。

十二月に入ると、私には河豚よりも牡蠣《かき》のほうがよい。

それも生牡蠣ではなく、鍋にしたり、牡蠣飯にしたり、網の上へ昆布《こんぶ》を敷き、それこそ葱といっしょに焼き、大根おろしで食べたりする。

夜食の牡蠣雑炊《ぞうすい》もよい。

いずれにせよ、私には、やはり柚子が欠かせないものになる。

柚子をかけた大根おろしの一品だけでも酒がのめる。

こうして一日一日と年が押しつまり、大晦日《おおみそか》になると、午後から外へ出て映画の一つも観《み》てから、蕎麦《そば》屋へ行き、鴨南《かもなん》ばんで酒を二本ものみ、年越し蕎麦を買って帰るのが十年ほど前までの私の習慣だったが、いまはやらない。……と、書いているうち、今年は、この習慣を復活してみたくなってきた。

第二部

江戸の味、東京の粋《いき》

われら頑固者にあらず

山口瞳（作家）
池波正太郎

生まれる前から遊んでばかり

山口　先日、ようやく歯が入ったんです。ぼくは歯が入れば、もう、すぐに喋《しゃべ》れるし、ものが食べられると思ったんですよ。ホテルの地下室の歯医者ですから、蕎麦《そば》屋でも寿司《すし》屋でも、なんでもあるでしょう。ところが、気持ちが悪くて、まず口もきけないんです。人間が老いるっていうのは、たいへんなことだと思った。しようがないから、喫茶室にいって、ジュースを頼んだんですけど、酸《す》っぱいと思ったら、もう飲めない。ぼくはすごいショックを受けましてね。〝老いるショック〟というんです。

池波　もう慣れたでしょう。
山口　ええ、いくらかは……だけど、まだお新香が食べられません。沢庵《たくあん》とかナスとか、しがむような感じのものは、あきらめました。
池波　上だけなら大丈夫ですよ。
山口　入れる前は、ジュースなんか、うっかりストローをくわえたつもりでも、すっと落っこっちゃうんですね。煙草《たばこ》を挟もうとしても、歯がないんだから――〝歯のないところに煙は立たない〃とか（笑）。
池波　それは、いい。山口さんも、このへん（築地《つきじ》）は、むかし、大いに楽しんだんじゃないですか。
山口　ええ、知り合いの待合にカバンを預けて、よく活動写真を観《み》に行きました。あのころ、中学生は映画館に入っちゃいけなかったんで、変装なんかしてね。それから、このへんでは築地小劇場。文学座の会員だったですね。このへんは、演舞場、東劇、歌舞伎座《かぶきざ》、みんな松竹系ですね。新響という、いまのNHK交響楽団も会員で、これは日比谷です。あれは怒られなかったかな。
池波　山口さんなんかの山の手は、映画見物にしても、学校がうるさかったんですね。ぼくら、下町は気楽だったけど、それでも小学校のとき、学校休みたいために、ナイフで腿《もも》切ったりしたんだもの。杖《つえ》引いて、映画を観るために……（笑）。

山口　腿切り仁左衛門《にざえもん》（笑）。

池波　いまでも、三カ所ぐらいは残っていますよ。いちど、ちょっと刺したらね、おふくろが研ぎ屋に出したナイフだったたから、ズルズル入りやがって、ひどい目にあった（笑）。校医が診断して、一週間休めって……。

山口　お母さんは黙認ですか。

池波　おふくろだって、ほんとにケガしたと思いますよ。そりゃ、あんた。先生だますんだから、おふくろぐらいだまさなきゃいけないでしょう。

山口　うーん……。

池波　文学座では、丹阿弥《たんあみ》谷津子がまだお下げでさ。売店にいましたね。

山口　切符切りやっていたですね、入口に立って。もう、実に可愛《かわい》い少女だった。

池波　いまの金子信雄の女房。可愛かった。いまはスゴくなっちまったけれど……。

山口　ほんとに、ああいうのが〝可愛い少女〟だろうと思いますね。ふるいつきたくなるというよりは、近寄るのがこわいような……。いまは、見る影もなく、こう（横幅を示す手つきで）なっちゃって。映画も、いわゆる名監督の作品は、観られるかぎり観たな。フェデー、デュヴィヴィエ、ウイリー・ホールスト。

池波　ルネ・クレールとか。いちばん盛んなときだものね。

山口　あのころは、それしか楽しみがなかったですものね。フランス映画の世代というのがあるはずですよ。もっと時代をさかのぼりますと、女義太夫《ぎだゆう》で夏目漱石の世代ですね。わたしはフランス映画でした。

池波　ぼくは、どちらかというとアメリカ映画をよく観たな。

山口　それがほんとの活動写真のファンなのかもしれませんね。わたしのは、やや文学的、哲学的だったなあ。わたしは、たしか最初に「外人部隊」を観たと思うんですよ。何度も観て、最後は横浜まで追っかけて、変な小屋（映画館）で観た憶《おぼ》えがある。二階へあがると靴カバーをさせられるんです。あの映画は、テーマがそのころの青年の気持ちとか時代に非常に合うわけですよ。みんな死んじゃうんですもの。宿命論ですよね。人間は、もうジタバタしても駄目だ、といっている。わたしなんかも、中学生でしたけど、兵隊に行って死ぬんだと思っていましたから、実にジーンとくるわけです。映画って、そういうところありますね。

池波　あります。あの時代、フランス映画が入ってきたのは、それなりの理由があったんですよ。仮りに、戦後、古いものをいくら観ても、ぜんぜん感じが変わってくると思いますね。

山口 そんなわけで、けっこういそがしかったですね。それこそ、寄席《よせ》も行くし、築地小劇場も通うし、新響の定期公演も欠かさない。おまけに、妹が踊り、両親が長唄《ながうた》やっていましたので、長唄の会にも行くんですよ。歌舞伎もあるし、新国劇もあるし……。

池波 ま、大袈裟《おおげさ》にいえば、毎晩、かならずなにか観ていたね。

山口 昼間はプロ野球も観ていた。

池波 洲崎《すさき》球場ね。ぼくも何度か行った。まるで野外運動場みたいなところで、お客がチラチラしかいないんだ。

山口 帰ってくると、このへん(頬)が潮風でザラザラしているんですね。大正十五年の戸塚球場の早慶戦かな、母に「おまえは、この試合をおなかの中で観ているよ」っていわれたことがあるんです(笑)。生まれる前から、遊びにかけてはいそがしかった。あのころは、女が野球観たら、すぐ目立っちゃうような時代なのに、行ったらしいんですね。

遊びから世の中を知る

池波 よく、みんな、あの時代は暗かったというわね。おれはちっとも暗い感じしなかった。暗かったのは、戦争がはじまって、だんだん敗《ま》けてきてからだな。あれはどうしようもなかったけども、兵隊に出るまでは、暗い気持ちはぜんぜんなかったね。

山口　池波さんが遊んだのは、やっぱり株屋の時代ですか。

池波　ええ、株屋に入ったのが昭和十年ごろで、遊びはじめたのは、それから二、三年たってからですね。

山口　吉原ですね。

池波　そう、吉原なら親も安心なわけですよ。十五、六のころは、だいたい、あんまりさせないんだから。「お帰んなさい。お母さんが心配するから」っていうんだもの。だから、うちの母親なんか、ぼくが兵隊に行くとき、吉原のお女郎に「長い間、正太郎がお世話になりました」って、お礼に行きましたよ。だって、同じ店じゃ、はじめからずっと、その人だけで他の女に手が出せないんだから。われわれは純情だったんだね。酒の飲み方とか、いろんなこと教わったんですよ。

山口　意見されたり——勉強ですよね。わたしは吉原は知りませんけど、たとえば、結婚式とかお葬式のとき、こうすべきものだというのを、寄席とか新派で勉強したですね。

池波　それが大きいんだ。

山口　お通夜《つや》の場面なんか、お焼香はどうすべきか、もう一所懸命、観ました。いまは、そういうことがないんじゃないですか。

池波　なんでも自然に教わりましたね。

山口　新派でも寄席でも、ほとんどの話が挨拶《あいさつ》でしょう。落語なんか、半分ぐらいは使者の口上で、それがトンチンカンになる。あれで勉強したですよ。お悔みのときは、ただ口をモグモグやっていればいいとかね……。そのわりには、いまも駄目ですけどね。

池波　仲間と飲まなきゃならないときは、もり蕎麦一杯、食べてからいらっしゃい、なんてお女郎が教えてくれたんですよ。あのころ、ぼくら店に出ているとき以外は着物でしょう。懐手《ふところで》をして、右の肝臓のあたりを押えながら飲んだら、酔いが全部、発散するから、とか。

山口　え、どこですか?

池波　肝臓というかね、ここの肋《あばら》を押えて、押したり放したりしながら飲むんです。洋服だと目立って失礼になるけど、和服ならわかんない。そうすると、宴会が終わったときに、もう肝臓が柔らかくなっているわけだ。ぼくは、いまでも実行してますよ。

山口　むかしは、バーもそうでしたね。まず最初に、お客さんの健康状態を気づかう、という感じがありましたよ。いまは、ただ飲ませるだけ。酒の飲み方も知らない若い人に、どんどん飲ませちゃう。

池波　若いのにガブガブ飲んで、酔っぱらっちゃったら、暴れたりして、人に迷惑をかける。そういう心配をするから、酒の飲み方を教えてくれるんだ。

山口　最近は、芸者もひどいですね。宴会で楽しく話しているのに、「茶蕎麦ですか、海苔《のり》茶ですか」とか、「お供（帰りの車）は、もう参っていますから」とか、せきたてる。それまで一緒に飲んでたくせに、ピタッとやめてね。次の座敷があるもんだから、急に態度を変える。あれは悲しいですね。

池波　芸者はそうです。

山口　薄情なもんですよ、実際。

池波　むかしから芸者は薄情なんです。やっぱり、お女郎がいいですよ（笑）。

山口　泊まりですもんね。

池波　あのころはね、ぼくら兜町《かぶとちょう》の連中は、芸者遊びを軽蔑《けいべつ》したんですよ。芸者は全部、カネが主体の遊びになるわけね。お女郎屋は、カネは全部、内所《ないしょ》に払うんで、カネ抜きの感じになっちゃうんだよ。あとは内所とお女郎の関係になるんだから。芸者遊びは札ビラきらなきゃ遊べない。ああいうところは、東京のもんは遊びに行くんじゃないって。事実、そういう気しましたね。

山口　つまり、お女郎相手なら、だまされる心配がないわけですよね。

池波　そうです。ぼくは、大した相場を張ったわけでもないんだけど、それでも、ときには儲《もう》かることがあったんです。そんなときは、馴染《なじ》みのお女郎のところにいくら、洋服屋にいくらとか、パッと遣うというか、預けちゃうんだ。次から当分はタダっていやあ変だけど、きれいに遊べるんですよ。これなら、絶対、だまされませんよ。

山口　はい、わかります。

池波　ぼくは兵隊に行くとき、なにがしかのカネが残りましてね。それをお女郎のところへ預けたんです。

いやですねェ、もったいつける奴《やつ》

山口　わたしたちは、遊びでもなんでも、相手の立場を斟酌《しんしゃく》する時代に育ったわけですよね。少なくとも、東京じゃあそうでした。

池波　お女郎さんでも、教えてくれたんだもの。それが染みついている。どうも今日は「頑固者対談」ということらしいけど、ぼくらは頑固者でもなんでもないですよ。こんな物わかりのいい二人はいないねえ。

山口 こういう話をすると、また、東京人同士が気取って話しているなんて、いう人がいるんですね。それが厭《いや》で、つい、いいたいこともいえなくなっちゃう。むしろ、わたしの取柄は柔軟性だと思うんですが……（笑）。

池波 しかし、ぼくらにとっては、あたりまえの話なんだよね。その〝あたりまえ〟を、平気で無視する連中が多すぎるんだ。たとえば、約束の時間に、もう堂々と遅れてくる。それが何度も何度もだ。あの神経、山口さん、わかりますか。

山口 わたしも、ふしぎでしょうがない。

池波 きょうだって、二人とも定刻の二十分前にきているものね。

山口 いえ、わたし、きょうは二十分前に三分遅刻いたしました（笑）。

池波 山口さんやぼくは、相手が三十分も遅刻すると、一時間も待たされる破目になる。その言い訳も、だいたい相場が決まっているね。「道路が混雑した」「あまり早くきすぎたので、近所をぶらぶらしていたら、つい遅くなりました」――冗談じゃないよ。

山口 わたしは、おんなじ人に二度、おんなじ言い訳をきかされた経験があります。

池波 ぼくも怒鳴りつけてやるのは、わけもないことだが、そうしたら座が白けるとおもえばこそ我慢をしています。それがわからない。と、それだけで座が白けることがあるんですよ。人の気持ちをぜんぜん斟酌していない。

山口 わたしの知っている人じゃ、吉行（淳之介）さんはすごいですよ。絶対もう、二十分前にきます。

池波 それがあたりまえのことなんだ。

山口 わたしが三十分前に行っているでしょう。吉行さん「遅れてすまん、すまん」といいながら入ってきますよ。二十分前にきた人が……やっぱり、ちょっとちがうんですね。

池波 ぼくは一度、池田弥三郎《やさぶろう》さんと対談したことがあるんです。会場が坂道の途中にあって、池田さんが下のほうから、ぼくが上のほうから歩いてきて、十五分前にパッと会場の前で会うんだよ。実に気持ちがいいね。

山口 こういうと、変にきこえたらごめんなさい。つまり、北陸あたりから出てきて、お風呂《ふろ》屋の三助になって、二十年後に自分の風呂屋を持ったとするでしょう。そうすると、浴場組合の理事になりたがるんですね。だから、お風呂屋の選挙には札束が乱れ飛ぶんです。当選すると大きな名刺をつくって故郷へ帰るんですね。その気持ちはわからないこともないけれど、そういう人とは友達になれない。

池波 田舎の青年会あたりで通用した感覚で、押し通しちゃうんだ。要するに、泥臭いんだ。ただし、ほんとうの田舎の人というのは、ずっと立派ですよ。成り上がり者がいけないんだ。その点は、はっきりさせとく必要がありますね。

山口 田舎、東京じゃなくて、やっぱり、いろんな意味で威張るやつが厭だ、という感じですね。

池波 威張るやつは、むかしから嫌いなんだ。

山口 さる人と六本木のジャーマン・ベーカリーで待ち合わせたら、田園調布のジャーマン・ベーカリーとまちがえて、あっちへ行ったために遅れた、という話があるんです。ウソなんですよ。気取ってんだ。だって、東京のことを知らない人が、わざわざ田園調布まで行くかって。

池波 ひでえもんだね。

山口 それをいったら、みんなが笑うかと思っているんだね。このユーモアのセンスのなさ。滑稽《こっけい》の出来事として、自分を道化にしようとしている。まず詫《わ》びるべきなのにそれができない。カッコつけようとする。

池波 たぶん、山口さんもそうだと思うんだけど、ぼくは、六時に会合があるといえば、その日は、一時ごろまでに用をすまして、準備しているもの。あと、なにもできない。

山口　定刻直前にピシャリと現われる人もいますが、これもちゃんと、近くで時間をつぶしている。だけど、ぼくなんかには、とても怖くてできないから、二十分前に行っちゃう。相手の身を思って、迷惑をかけたくないから、早くきているんですよ。ほんとに、やさしいんです。

下町のしつけと助け合い

池波　ぼくらの子供時代には、十二、三になると、一所懸命、大人の真似《まね》したもんでしょう。いまはそれがなくなった。その中間で若者になって、その若者のまんま、白髪がふえちゃうんだよ。結局、一種の子供なんだね。子供の見栄坊《みえぼう》なんだ。四十過ぎても、人にプッと吹き出されているのがわからないから、困るんだ。

山口　さっき東京の遠くから出てきた人が困ると申しましたけど、年齢でいうと、四十から五十の間じゃないでしょうか。〝浮浪児世代〟というんですかね。

池波　ぼくがみても、若い人のほうが、きちっとしている感じがするね。四十代の一部の連中は、ぼくらとほんの何年間かのちがいで、いろんなことを教わる時期がなかったんだ。その点、ぼくは同情してるんです。

山口　わたしの弟がそうなんです。終戦のころ、苦しい時代を過していているはずなんですけど、とっても、訳がわからないんですよね。言ってみれば秩序がないんですね。それを勉強しないで大人になっちゃった。生きるか死ぬかという時代が思春期ですから、どうしてもエゴイストになる。おっしゃる通りに気の毒ではあるんですけれど。

池波　その連中が、東京に出てきて、ちょっと一人前の生活ができるようになると、なんか天下を取ったような気分になっちゃうんだ。傍若無人な男になってね。

山口　それについては、わたしも、これでいいのか、考えちゃうことがあるんです。まず、食い物や飲み物が贅沢《ぜいたく》になっているでしょう。このごろ、わたしなんかでも、もらいもんでブランディが、わりに多いんです。お客さんはウィスキーばかりでブランディを飲まないから、余っちゃう。しようがないんで、仕事のないときなんか、朝からクールボワジェのナポレオンなんか飲むんです。ふっと気がついて、こんなことしていいのかな、と思ったりね。ヘネシーのスリースターが安酒にみえてきちゃって、ちょっと恐しいような気がする。

池波　考えるだけいいんですよ。ぼくら、株屋のころは、バカみたいにカネ遣った。だけど、絶対にタクシーに乗ったことないです。タクシーに乗るのは、やっぱりいけないこと、年齢に似合わず生意気だという考えがあったのね。バカな話だけどさ。

山口　それはあります。

池波　だから、いま、山口さんがおっしゃったのとそっくり。こういう気持ちがあって、たまに贅沢するなら、おれ、いいと思うんだ。考えない連中が多すぎるから、困るんだよ。

山口　池波さんのお書きになったものを読むと、映画の試写会へ行かれて、いったんうちへお帰りになって、ネギのかき揚げにアサリのヌタで、お酒を二合いただいて、また芝居を観《み》に行く、なんてありますね。これが、ひどく贅沢にみえちゃうんですけど、ほんとはなんでもない。

池波　むかしは、ぼくら貧乏人の食い物ですよ。

山口　それが、いまや逆になっている。

池波　どこか狂ってますよ。

山口　変ですね。まあまあ、とにかく驕《おご》っちゃ、いけないと思ってます。

池波　う、ふふふ。とくに、われわれ小説家はね（笑）。

山口　考えてみますと、田舎者がのさばってきたのは、東京だけじゃありませんね。

池波　どうしようもないな。

山口　このあいだ、長崎へ行ったんです。昭和三十五年ごろに、石川滋彦《しげひこ》さんという画家の「長崎」という傑作があるんですよ。わたしね、それが頭にあるもんですから、同じ場所に立ってみたんです。寺町という高台がございまして、下に川が流れて、めがね橋がある。向こうに出島が見えて、左側が花柳街の丸山。そこから海へ向って、川の両岸に外人専用のホテルの木造の洋館が建っているはずなんです。ところが、なにもない。無残ですね。さぞや、よかったろうと思うだけでした。

池波　めがね橋はどうなっているんです？

山口　ゴミ川みたいです。戦災を免れたんですから、英断を下していればね。もう駄目です。

池波　いかようにもやりようがあるはずなのに、できないんだよ。日本橋の頭の上に高速道路のっけたりね。

山口　こんなことするの、日本だけでしょう。

池波　セーヌ河の上に高速道路架けたりしたら、たいへんだよ。

山口　こんなバカは、日本だけです。だから、わたし、日本は好きだけど、日本人は大嫌いだってことになるんです。

池波　かつて日本は、驕りたかぶった軍人のために、ひどい目にあったんだけども、いまは、それが企業家と政治家に移っててんだよ。そういう風致が壊されることによって、人心がいかに荒廃するか、あの大バカどもにはわからないんだ。これは、五、六年のうちに、大きなツケになって返ってきますよ。

山口 いま、まさに返ってきてますよ。

池波 さっきの時間を待たせる話も、全部おんなじです。

山口 わたしも、万事そこからだと思います。

池波 一部の四十代がいけないんです。

山口 エゴイズムです。自分さえよけりゃあいい、と。他人はどうでもいい。浮浪児の、自分さえ食えりゃあいい、という精神と同じですね。ただ、同情の余地はあるけどねえ。

池波 おととし、パリに行きましてね。モンマルトルの小さな広場で、子供たちが石蹴《け》りをして遊んでいる。東京の下町のように、パン屋とか乾物屋のおやじたちも、煙草《たばこ》を喫《す》ったりしているわけですよ。そこへ、中年の女が通りかかったら、七つぐらいの子供が癇癪《かんしゃく》玉をぶっつけたんだ。そしたら、パン屋のおやじがね、パッと飛び出してきて、パンパンパーンと殴るんですよ。もちろん、自分の子じゃないんだ。子供も抵抗しません。

山口 自分の子さえよけりゃあなんて、エゴイズムじゃないんですね。

池波 そのとき、ぼくはね、ほんとにむかしの東京の下町を見たような気がした。下町じゃ、概して親は放任していたんだけど、変なことしたら、近所がおさまらねえんだな。その代わり、近所の人が助けてもくれましたよ。うちは、父母が離婚して、母がぼくを一人で育てた。母が働きにいってたから、いろんな形で助けてくれたんです。べつに、東京にこだわるつもりはないんだ。地方文化でも、そういう単純なことの積み重ねで、築きあげたもんでしょう。

山口　池波先生にしろ、わたしにしろ、こむずかしいことは、ひとつもいってませんよね。髪形をどうしろとか、言葉遣いがおかしいとか、なにもいわないですよ。まあ、お互い、約束を守って気持ちよく暮したいと言うだけです。

池波　それなのに、われわれを指して、「頑固者」とは、どこの気ちがいがいうセリフかねえ（笑）。

鮨屋《すしや》と天ぷら屋は長っ尻《ちり》しちゃいけねえよ

細井浩二（銀座〔菊鮨〕主人）
今村英雄（神田〔花ぶさ〕料理主任）
池波正太郎

魚河岸は顔を出さなきゃ

池波 板前さんってのは、毎日どんなもの食べてんのかね。

今村 そばとか、魚の塩焼きとか野菜のたいたの。まあ、そんなものです。

池波 ふたりとも、自分の店では食べる気がしない？

細井 ぼくは鮨を握って、お客に出しているわけですが、自分で握って食べるなんてことは、まずできないですね。

今村　ぼくもやっぱり、つくってまでは食べたくない。外の安いラーメンのほうがいいですね。ぼくは鮨屋じゃないから、いまいちばん食べたいのは鮨ですよ（笑）。

細井　ぼくはそば好きだから自分でうでて食べますが、自分でやるのは、そばくらいのものでしょう。

池波　そばは自分でやったほうがいい。女なんかにあげさせたら、毎日違うからね（笑）。

ところで、花ぶさは、花ぶさ膳《ぜん》が三千円、千代田膳が四千五百円だけど、若い人が食べても、十分堪能《たんのう》できるようなものを、ずいぶん前からやっている。

今村　始めてから、もう、六、七年になります。

池波　その間、ちっとも値段が上がらない。よくやっていけますね。

今村　おかみさんが、上げちゃいけない、品物も落としちゃいけない、ってがんばるものですから。数をなんとかこなすことで、カバーしています。

池波　浩二くんの菊鮨のほうも上がんないね。

細井　うちは使用人がいなくて人件費は、おふくろだけですから。あの人件費、あんまり働かないけど（笑）。

池波　ネタがよくて、うまい。それで値段を上げないでやれるとすると、仕入れには苦心するでしょう。

細井 かなり苦心しますね。築地《つきじ》なんかは、親父《おやじ》の代から付き合いがあるから、いくらか安くしてくれるようなところがありますけど……。

今村 ただ、片方をあんまり値切ると、ほかでぶっかけられることもありますし、やっぱり魚河岸《うおがし》も商売ですから。逆に向こうの泣きつきというか、無理を聞いてやることもありますよ。

細井 とにかく築地というところは、行ってみないとだめ。電話で頼むと、「きょうはこれしきゃないんだよ」といわれると、それでおしまいですから。

池波 先代と比べるのはなんだけど、腕前のことは別として、仕入れは浩二くんになってからのほうが、全体によくなってきた気がするんだがね。やっぱり親父は年をとっていたからある程度はゆるめたんじゃないかな。

細井 晩年はそうだったかもしれませんが、でもそれは、お客さんのほうも納得してくれていた。ぼくの場合、そうはいかないんです。死んだ親父と比較されれば、必ず向こうがよくなっちゃう。二代目はありがたいですけど、つらいです（笑）。

池波 今村くんも毎日行くの。

今村 遅くとも八時前には着くようにして行ってます。

細井　仕込みってのは天気にすごく左右されるんです。だから天気予報はよく聞きますね。いまは赤貝というと、松島湾の閖上《ゆりあげ》のものがいいんですが、あっちに強い風が吹いていると、翌日赤貝の入荷が少なくなる。そこで直接、仲買の自宅に電話しちゃうわけですよ。「明日、赤貝をとっといてくれ」って。そして翌朝行く。行かないと、全然はいらなかった、なんて嘘《うそ》をつかれるかもしれない。

今村　おたがい、駆けひきするみたいなとこがありますから。

生き造りは料理の下の下

池波　このごろの卵は、みんな厚焼きになったけど、昔のような薄いほっかりした卵焼きを食いてえと思うんだがねェ。

細井　あれ、やりたいですね、エビをすりつぶして……。

池波　あれやってるのは、京都の松鮨だけで、あとはみんな厚くなっちゃった。

細井　はやりなんでしょうね。鮨だって、ずいぶん変わってきましたから。戦前、いまのように生で食べたのは、マグロぐらいじゃないですか。イカだって鹿《か》の子《こ》に切って、ゆでるみたいな形でやってましたし。

池波　交通機関と冷蔵方法が未発達だったからだろうね。

細井　とにかく手をかけましたね。ヒラメでも、生のままで出さない。生きたヒラメでも、ちょっと塩をして、それを甘酢に一回通す。いま、そんなことをする鮨屋は、あまりないでしょう。
池波　赤貝だって、甘酢に通さなくては、しようがない。
細井　一回通せば生臭さが違うんですがねェ。
池波　新鮮だろうとなんだろうと、鮨の場合、甘酢に通さないといけないものが多い。それを知らないで、あの素晴らしいコハダの新子を、なんであんなもの食えるんだなんていってる。
記者　菊鮨のコハダは、なんであんなにうまいんですか。
細井　なんでもないことなんですが、あの魚はかなり臭みがありますから、まず開いてから塩をして、酢につける前に酢洗いというのをやるんです。それをするかしないかで、生臭さが違ってきちゃうんですよ。料理が大変なところは、この手間をいつまで続けられるか、ということですね。
記者　でも、手間がかかってるなァと感ずるのが、こちらの喜びなんですがねェ。
細井　手間をちゃんと受けとめてくれるお客さんがいるから、はげみになるんですよ。まァ、こんな感情は、もしかしたら親父がぼくに残してくれた、一番大きい財産かもしれません。

今村　いまは山イモの粉末があるそうなんです。なんでも、六倍の水で薄めると、ふつうのトロロになるらしい。値段は生と変わらないが、要するにおろす手間賃が安くなる。

細井　しかし、そういった合理主義が情けない。それと問題は化学調味料の使いすぎですね。まるで味の個性を考えてない。

今村　電子レンジもそうです。茶わん蒸しつくるのに三十秒でできちゃう。蒸し器で蒸せば十五分かかる。この十五分かけることで、いろんな具のいろんなスープが出てきて混然とした微妙な味がでてくるんですから。

池波　ところが客のほうで、それがわかるかどうかという問題があるだろう。たとえば、化学調味料に慣れちゃってるというふうな……。

細井　そのとおりです。食べごろ、食べ具合の間《ま》というか、そういうことがわかる人が少なくなってきましたね。ただ新しければいいというような……。

池波　だから生き造りというようなものが流行する。生けすにいたものが、うまいわけがないんで、あんないやなものはないよ。あれは料理の観光化だ。つくるほうも、わからなくなってきていて、刺身の引き方だって、赤身のところは厚く切る、大トロになるに従って薄く切るという常識が欠けている。ようかんみたいな大トロじゃ、折角の味がどうしようもないよ。

今村　ワサビでも昔は、サメかカワハギの皮をカマボコの板の上に置いて、おろしたものでした。だから新しいおろし金でワサビをおろすと、親父に頭をなぐられたもんです。最初の一年ぐらいは大根をおろして、カドをつぶしちゃったあとで、ワサビをおろす。おろしづらいですが、その代わり粘りが出てきますから。それを包丁の峰でさらにたたいて、なお粘りを出してお客さんにつける。それをいきなり醬油《しょうゆ》にほうりこまれると、本当に情けなくなりますよ。

池波　刺身一切れごとにワサビを乗せてから醬油をつける。それでワサビが百パーセント生きるわけだ。ついてるシソの実だって、いきなりしごいて醬油にいれるものじゃないよ。口が生臭くなったら、一つぶとって口にいれればいいんでね。まァ、醬油にワサビをといて食うものもあるんだが、マグロの赤身なんかは、ある程度といたほうがいいだろうよ。

細井　そうですね。いまは、お客にものを聞かれても、本当のことをいっていいかどうか、わからなくて困ることがありますよ。いろいろさしさわりがでますから。でも、食べ方を見ていると、この人は味がわかるかどうか、大体わかりますね。

今村　それはわかりますね。

お客はいばっちゃだめだ

池波　浩二くんなんか、鮨屋の隠語使う客はいやだろう。サビくれとか。シャリがどうしたなんてェのは。

細井　変にガリだとか、あがり一丁なんていわれるより、ショウガとかお茶といわれたほうがやりやすいし、正直だと思いますね。

記者　先生は、どんな店でも物怖《ものお》じされないで、いきなり飛び込まれるという主義が、徹底していらっしゃるようですが。

池波　花ぶさもそうだよ。家内と通りがかりに見つけたんだ。菊鮨だってそうだよ。近藤啓太郎さんから名前は聞いていたが紹介してもらったわけじゃなかったよな。とにかく、金さえ払えば、お客なんだという顔をするのが、いちばんよくないよ。

今村　いらっしゃるんですよ、そういうお客が……。

細井　それが女なら、まだ許せるんですけどね。

池波　ばかだと思ってるからじゃないだろうね（笑）。一度ある作家にどうしてもっていわれて、四谷の丸梅を紹介したことがあるんだが、あすこは一日に一組しか客をとらなくて、うまくいくかなと思っていたら、果たしてあとで雑誌に悪口を書かれた。金を払って料理の講釈をされるのは、ばかばかしいってね。たまたま説明するのが好きな女中さんだったんでしょうよ。しかし、紹介した俺の困ることなど何も考えてないんだ。

細井　俺は通だ、というようなことをいうから、ちょっといい返したら、菊鮨だけが鮨屋じゃないと、ほうぼうでいいふらす人がいる。これなんか女々しいですよね。そうかと思うと、鮨は手で食べるもんだ、だから刺身も手で食べるなんて、手づかみで食べる変わった人もいるし。

池波　昔は鮨ははしで食べたもんだ。ただ屋台の鮨屋が、はしを出すのが面倒だから、手で食わせたわけなんだよ。おはしのほうがいいわけですよ、本質的に……。

今村　たとえば池波先生が「鮨屋は、まず卵の味をみればわかる」とお書きになる。それを聞きかじって、はいってくるなり「ギョクくれ」というのが、わからない人なんでしょうね。

池波　俺はそんなこと書いたことがないぞ（笑）。とにかく知ったかぶりをするのが、いちばんひどい目にあうんだ。初めての鮨屋でも、テーブルと椅子《いす》がある店なら、怖がることはないよ。テーブルにすわって、お酒一本となにかおつまみください、と。

あとは、お鮨一人前くださいといえば、かえってよくしてくれるもんだ。それをカウンターの真ん中にすわって、ギョクくれ、なんていっちゃ（笑）。

記者　真ん中にすわると、まずいんですか。

池波　店によるけどね。たとえば花ぶさにしても菊鮨にしても小ぢんまりした店でしょう。そんな店には必ず常連がいるわけだから、真ん中に陣どっちゃ、常連にも店にも悪いわけなんだよ。真ん中は常連の席なんだ。端にすわって、おとなしくしているのがいいのさ。

今村　そこまでわかっていただけると、ありがたいんですよ。でも、こちらをためすつもりで、いや味な質問をする人がいて、あれはいやですけどね。

産地が違うと顔まで違う

今村　われわれの店は食べるところですが、一種の遊ぶところでもありますから、やっぱり楽しく食べていただきたい。だから「おいしかったよ」といわれるのが、うちのおかみさんなんかの生き甲斐《がい》で、もうそんとく抜きで喜んでいるわけですよ。

池波　それと、身銭切って食わないとだめだよ。

細井　これを話すと、まずいんですけど、親父が昭和二十八年だったかに、天皇陛下に鮨をさしあげたことがありまして、陛下が純粋な生を召し上がったのは、そのとき初めてだったそうですが、別になんにもおっしゃらなかったらしいです。親父は「神さまみたいな方だった」とだけいっていましたけど。しかし、志賀直哉《なおや》さんが亡《な》くなる一年前に、たいへんな努力をして歩いてうちへお見えになって、喜んで食べて満足してお帰りになった。親父はそのときのほうがうれしかったんじゃないかと思うときがありますねェ、本人に確かめたわけではないんですが。それが職人じゃないかと……。

池波　そりゃ違うよ。陛下はちゃんとおわかりになったけど、われわれみたいに「オッ、こりゃうまいなァ」なんて、おっしゃれないんだよ。影響が大きいからさ。ぼくの師匠の長谷川伸の義理の弟さんが、前の侍従長だったんで、その人から直接聞いたんだが、あの方は賢明な方なんだ。もちろん、きみの親父さんが、志賀さんに感激したのはわかるけどな。

細井　先生のおっしゃる意味もわかりますが、志賀さんがなんとか菊鮨の鮨が食いたいと地下鉄で見えて、四丁目で降りて、途中奥さんと小松ストアーの階段にすわって、一休みしていらしたわけです。そのとき職人として感動しただろうなァ、と。

池波　とにかく料理を食べるには、やっぱり常識というものがある。天ぷら屋で、揚がってくる天ぷらを脇《わき》に置いて会社の悪口いってるのなんか最低なんだよ。店屋は最適の温度で出してくるんだ。俺のじいさんは職人だったけど、鮨屋と天ぷら屋は長っ尻《ちり》しちゃいけねえよ、と連れてかれるたんびにいわれた。

今村 たとい、すぐ食べられなくっても、それがわかってらっしゃるお客だと、まあ許せるわけなんですよ。本物を出して、わかってもらえたときって、いいもんですよ。

池波 しかし、やがて養殖全盛の時代がくるんだろうね。

細井 現実にマグロを養殖してますからね。赤身がなくて全部中トロ。一度食べましたが、まるでハマチで、恐ろしいもんです。

池波 菊鮨名物のハマグリの漬け込みも、いまのうちだな。

細井 ハマグリはもう全然入荷が少なくなりましたねェ。アナゴにしても戦前は品川の八ツ山のアナゴでしたが、いまは羽田。それも金沢八景に近いところです。海は続いてますが、羽田のアナゴと千葉の富津《ふっつ》のアナゴでは、顔も味も違うんですよ。

今村 韓国のアナゴと東京湾のアナゴじゃ、顔から色つやまで違います。渡りガニでも、見ただけで産地がわかりますよ。

池波 播州《ばんしゅう》のアナゴもうまいけどね。あれはまた別の味だもんねェ。

細井 まァ、どこがいちばんとはいえないけど、江戸前のアナゴはうまいです。

今村　たしかにそうです。ぼくらは大体相模湾《さがみ》あたりまでを、江戸前といいますけど。でも、いまや料理人仲間でさえ、季節がわからなくなっているときですからねェ。たとえば、カツオのシーズンは、一応、五、六月ですけど、本当にうまいのは、九月から十月ごろの北から戻ってくる戻りガツオなんです。それをやたらと五月の初ガツオと売り出すんですね。

池波　タイだって、一年じゅううまいかというと、秋サバには負けるからなァ。さて、あとは独身の浩二くんに、お嫁さんを捜そうというところで、おしまいにしましょうか（笑）。

（編集部注・今村英雄氏はその後平成元年に独立、銀座「御料理いまむら」店主となった）

電話対談
師走、浅草のにぎわいと江戸の華の火事について

吉行淳之介（作家）
池波正太郎

吉行 おととしが三の酉《とり》までありましたね。三の酉のある年には火事が多いというのは、どういうことなんですか。科学的根拠はないでしょうが。
池波 さあて、根拠については私も聞いたことがありませんね。
吉行 ふと思いついたのはね、火事は江戸の華といいますね。お酉さんのにぎわいも華、華が三度もあるときは、それにつられて火事も多いと（笑）。
池波 ははあ、シャレとしてうかがっておきましょう（笑）。
吉行 あそこ（鷲《おおとり》神社）の祭神は、日本武尊《やまとたけるのみこと》だそうですね。私が酉の市へ行ったの

は二十年ほど前です。あの混雑に閉口して、それきりになっているんですが、いま、いわゆる浅草の作家がいませんね。

池波　それに、いまの浅草には語ることもなくなっているんです。

吉行　そうです、そのへんのところも語っていただきたいと思って。ひょうたん池（浅草の通称六区と呼ばれる歓楽街にあった人工池）がなくなったのはいつごろでしたか？

池波　もう二十年ほどになるでしょうねえ。

吉行　若い人がね「おじさんロックというの知らないだろう」「知ってるよ、ひょうたん池をなくしたのは悪かったね」と答えたら、これがロックンロールのことでね（笑）。ぼくは吉原がある時代には、かなり浅草をのぞいていましたが。

池波　ひょうたん池をつぶして映画館になったが、それもだめになって、スーパーマーケットのようなものが建っています。しかしそれも、いまや夕方になるとぱったり灯が消えて――。

吉行　この間、知人の出版記念会がドジョウの飯田屋《いいだや》でありましてね。パーティーには、ドジョウの丸煮など出ないんだな。

池波　駒形《こまかた》もそうですよ。ドジョウそのものは伊《い》せ喜《き》にかないません。

吉行　あ、高橋《たかばし》の伊せ喜は昔ながらですか。

池波　駒形は観光バスのコースですし。

吉行　昭和三十年ころに、夜の観光バスに粋狂《すいきょう》で乗ってみましたが、駒形の前に止まって、ウナギは向かいの前川へ、と二組に別れました。いまはドジョウ屋でウナギが出たりしますね。昔のままをガンコに守り通している店がありますが。

池波　その前川がそうですね。奥の離れ座敷でね、中年の昔ふうのおばさんが出てきて、そこでウナギを食うのはとてもいいものです。

吉行　あの並木の藪《やぶ》（そば屋）の造りはどうなっていますか。まさか自動ドアにはなっていないでしょうね。

池波　いまだに格子戸《こうしど》です。入ると二つに分かれていて、右は土間のイス席、左はいれこみの座敷になっている。

吉行　ぼくは池ノ端の藪も好きでして。

池波　並木の藪の弟がやっているんですよ。並木がいいのは、ソバのうまさもさることながら、酒が、その、いいんですよ、ねえ。同じ特級の菊正でも、ここの菊正は味が違うんです。昼間の三時ごろは店も空《す》いていますから、そこでゆっくりと味わうのは、実にいいですなあ。

吉行　いまは下請けが多いそうですが、そういううまい酒は製造元からの直入をガンコに守っているんでしょうね。

池波　もう一軒、雷門を入ったすぐ近くに金寿司《すし》という小さなすし屋があって、ここは女の職人が一人で握っている。

吉行　まさか化粧などしてないでしょうな。

池波　してません。三十七、八歳の人で、彼女が酒を飲んで二日酔いになったりしてますが（笑）、そこの白雪が並木の藪の酒に匹敵するほどうまいんです。

吉行　なるほど。

池波　それに、浅草にはなかなかしゃれた店があるんですよ。例えばカバンにしても靴にしても、銀座に並んでいるようなフランス製、イタリア製など全部そろっていて、しかも銀座より安いんですね。

吉行　それは昔からですか。

池波　ええ、もう昔からそういうモダンさはありました。

吉行　そういえば、大昔カジノフォーリーというレビュー小屋が有名でしたね。そうそう、ぼくが吉原に通ってたころ、国際劇場の隣に射的場があったな。射的といってもコルク玉の鉄砲でなくて、電気仕掛けのライフルで、一分間に何点取れるかというものでした。下町の人にはハイカラ好みがあるんでしょうか。
池波 大いにあります。芥川龍之介《あくたがわりゅうのすけ》などもそうでしょう。
吉行 ヤジウマ気分かな。
池波 というより、早く吸い込むというところがあるんでしょう。
吉行 しかし、池波さんが週に三回も行かれるとは……。
池波 映画を見ますのでね。
吉行 ああそうか。池波さん映画にあんなに造詣《ぞうけい》が深いとは、ぼくは最近まで知らないで失礼しました（笑）。映画を浅草で見た帰りに、というわけですね。それほど浅草に行ってる作家は、いまいないでしょうね。
池波 吉村昭《よしむらあきら》がいます。
吉行 彼の生まれはどこです？
池波 三ノ輪のほうです、車からね、妙なところを歩いているのを見られたりしている（笑）。彼も、浅草で会う作家はぼくだけだといっていました。
吉行 昔の文士は、一時浅草にむらがっていましたが、あれはどういうふうに波長があっていたのでしょうかねえ。
池波 例えば、いま日本人はパリを見て面白がるでしょう。それと同じで、ぼくら土地っ子にはなんでもないことでも、高見順さんのような純文学の方々は面白がって浅草に来られる。

吉行 文士と浅草は似合ってましたか。

池波 なるほどなあ、と思うこともありましたが、しかし全体的には、つまらないことを面白がって（笑）、と……。

吉行 こうして浅草の話をしていると、なんとなく歳末気分になってきますね。

第三部　パリで見つけた江戸の味

あるシネマディクトの旅（抄録）

居酒屋〔B・O・F〕

東京から約二十時間の飛行でパリのドゴール空港へ着き、昼下りの小雨の中をパリ市へ向かうと、車の窓から、彼方《かなた》の丘の上の、ビザンチンふうの白い寺院が目に入った。

「あ、サクレ・クールが見えてきた」

私が、そういうと、同行のT君が、

「パリは、はじめてなのに、よくわかりましたね」

おどろいたようにいう。

「パリには何十回も来てる」

「えー……？」

「フランス映画でね」

「なあんだ……」

私は一昨年《おととし》の初夏に、はじめてフランスへ行った。

H社の仕事で、フランス映画について、写真入りの本を書くためだった。

フランス映画を四十何年も観《み》つづけてきていた所為《せい》か、到着の夜、モンパルナスのクーポールへ食事に行ったときも、これまでに何度も見た風景に再会したようなおもいがして、すこしも違和感がなかった。

本に入れる写真を撮ってくれたのは、パリ在住の写真家・吉田大朋《だいほう》さんだったが、

「はじめてパリへ着いたとたんに、まるで東京を歩いているように歩いている。こんな人は、はじめてだ」

と、T君にいったそうな。

吉田さんが、自分の車を運転し、写真を撮りながら案内をしてくれるというわけで、おのぼりさんの私にとっては、まことに安心な旅だったし、当然、その安らかな気もちが歩む足取りにもあらわれていたのだろう。

けれども、四十何年間、日本へ来たフランス映画のほとんどを観てきたということは、たしかに私をくつろがせていたにちがいない。

来る前に、私はT君に、約二十日間の旅程を紙に書いてわたした。

パリを中心にして、ノルマンディのル・アーヴル港からドーヴィルやルーアンをま

わり、さらに、バルビゾンからリヨン、マルセイユ、ニースなどをふくめたコースを、フランスの地図を前にして、たちどころに決めてしまったが、

「よくも、この日程で、これだけのところがまわれましたね」

と、帰国してから、フランスへ何度も行っている友人にいわれた。

これも、映画の影響があったからだろう。

たとえば、パリからル・アーヴルやドーヴィルまでの距離感覚は、戦前でいうならジュリアン・デュヴィヴィエ監督の名作〈商船テナシチー〉によってわかっていたし、戦後ならば、クロード・ルルーシュ監督の出世作〈男と女〉によって、無意識のうちに得ていたものである。

パリとマルセイユは、数え切れぬほど小説でも読み、映画でも観た。

また、ニースとパリについては、ジャック・フェデエ監督の〈ミモザ館〉がある。

ニースの旅館の女将《おかみ》を演じた名女優フランソワーズ・ロゼエが、パリで身をもちくずしているらしい養子の身を案じ、ニース駅から列車に乗ってパリへ着く。

このとき、息子の消息を知っているセーヌ河畔の酒場の前で、ロゼエが車を乗り捨てるとき、一九三〇年代の煤《すす》けたパリ市街の風景があらわれる。

こうした暗い灰色のパリの街を、私は戦前のフランス映画で観知っていたし、それ

が戦後、すっかり洗われて白くなり、近年は東京なみに高層建築もたちならぶようになったことも、わきまえている。

戦前に、あれだけのフランス映画を観ることができたのは、やはり、精力的にヨーロッパの映画を日本に入荷してくれた東和商事のおかげだったといえるだろう。

物には、時期がある。

私もふくめて、昭和初期から太平洋戦争までに青春期を送った男女にとって、その時期に、あれだけのフランス映画を観ることができたのは、まったく、かけがえのない幸福だった。

当時、外国映画といえば、何といってもアメリカ映画で、ハリウッドは最盛期を迎えたときだし、私も、むろん、夢中になって観た。

ハリウッド製のアメリカ映画は、バターと肉の香りをたたえた、いかにも外国の映画という感じがしたのだけれども、そこへ、つぎつぎにフランスの名作、佳作が入ってきたとき、私どもがびっくりしたのは、

（ぼくたちと、ほとんど変わらない人間たちが、ぼくたちと同じような生活をしている……）

このことだった。

これは、戦前までフランスの小説を読むときも感じたことなのだが、それが生き生きとスクリーンへ映し出されたのを見て、私たちはフランスとフランス人に対して、何ともいえぬ親近感を抱いたものである。

戦後の、ことに近年のフランスやパリが変貌《へんぼう》しつつあるのは、日本と東京が、まるで異国のように変貌したのと同じなのだ。

でも、いまの東京にも、戦前の東京と東京人の暮らしが、ひっそりと息づいているのと同様に、パリにも、むかしのパリが、まだ残っていることも当然だろう。むかしのパリジャンが生き残っているかぎりは……。

私が南仏への旅を終えてパリへ帰って来たとき、一足先に帰っていた吉田大朋さんが、

「あなたの好きそうな酒場を、昨日、偶然に見つけましたよ。さあ、これから行きましょう」

そういって、私を、旧中央市場《レアール》の跡へ連れ出した。

市場は、すっかり取り壊されていて、近いうちに文化センターのようなものが設けられるとか、公園になるとかいうはなしだった。二年後のいまは、どうなっているだ

ろう。

以前は八棟《とう》の建物の中で、魚や肉や野菜、果実にいたるまで、パリの巨大な胃袋をまかなっていた大市場だった。

東京・築地の魚河岸《うおがし》と、神田の青果市場をいっしょにしたようなもので、当時の、このあたりの風景と雰囲気《ふんいき》は、ジュリアン・デュヴィヴィエ監督の〔殺意の瞬間〕で、私は観知っている。

こうした大都市の市場の周辺には、築地の魚河岸を見てもわかるように、特殊な味わいをもつ料理店や酒場がひしめき合っているものだ。

〔殺意の瞬間〕では、いまは亡《な》きジャン・ギャバンが、中央市場近くのレストランの主人（兼料理長）を演じ、コキールやパイをつくる手さばきも実に堂に入ったものだった。

いまも、レアール名物の一つだという〔ピエ・ド・コション〕などという店も残っている。

こういう店には、日本の観光団など、ほとんどあらわれない。

ほんとうに、パリの人たちの中へまじって酒をのんだり、食事をしたりすることができる。

私が行ったとき、大工さんが四人ほど、立飲台《コントアール》でオニオン・スープをやっていて、入って来た私を見ると、身ぶり手まねで、

「おれたちと同じものを食べたらうまいぞ」

といった。

フランス語をまったく知らぬ私も、これならわかる。

日本語で「ありがとう」と礼をいうと、これがまたパリの大工さんに通じるのだ。

そして大工さんの一人が私にかわって、「この人にも同じものをやってくれ」と給仕にいってくれたのである。

そして私の前にも、同じワインと同じオニオン・グラタン・スープが運ばれてきた。

酒場〔B・O・F〕も、この〔ピエ・ド・コション〕の近くにある。

〔B・O・F〕とは〔ボン・ウブリエ・フランス〕の略称なのだそうな。吉田さんに意味を尋《き》いたら、

「まあ、忘れられたる佳《よ》きフランス……というような意味でしょうな」

と、教えてくれた。

〔B・O・F〕は、まるで、フィリップの短篇《たんぺん》小説に出てくるような居酒屋だ。

亭主《ていしゅ》のセトル・ジャンは、七十二歳の大柄《おおがら》な老人だ。

古女房《ふるにょうぼう》のポーレットも六十をこえているのだろうが、吉田さんが老亭主に、

「あんたの奥さんは、ヴィヴィアンヌ・ロマンスそっくりだ」

そういったら、セトル・ジャンは顔をしかめて、

「わしは、映画なんて下らないものは観たことがない」

と、肩をすくめた。

だが、ヴィヴィアンヌ・ロマンスの名を聞いて、それが映画女優であることを知っていたのだから、ポーレットは若いころ、レアールにあつまって来る人たちから「そっくりだ」と、評判されていたのではあるまいか。

ヴィヴィアンヌ・ロマンスは、リヨンの絹織物工場の女工から女優になり、若いころは、その豊満な白い肉体で私たちを悩殺したものだった。

ロマンスは、いまもパリの何処《どこ》かで健在らしい。もしそうなら、ガビイと同じような年齢になっていよう。

「この居酒屋は、もう二百年も前から、この場所にあって、わしがやるようになってからでも五十年になる」

と、セトル・ジャンはいった。

二百年も前というと、日本の安永年間で、私が書いている〔鬼平犯科帳〕の主人公・長谷川平蔵《はせがわへいぞう》が生きていたころだ。

フランスでは、ルイ十六世が即位したり、イギリスと共にスペインと戦ったりしていた。

むろん、いまの建物が、当時そのままではないけれども、洗面所を借りるため、裏手のドアから二階へあがって行くと、いかにも古めかしい。

便所も、むかしのフランス映画で知っていた、古い様式のものだった。つまり、タタキの上へ両足を乗せる台が二つあるだけのもの。こういう便所の入り方も私はよく知っていたので、とてもなつかしかった。

古い店だけに、酒も、むかしからなじみの産地から入ってくる、いわば地酒のようなもので、老亭主が自慢のモーゴンの赤ワインは、赤というよりは褐色《かっしょく》に近く、特別の風味がある。

それにパンとチーズと、これもうまいペルノーだけしか、この店で出すものはない。

私が書いた〔江戸古地図散歩〕という、東京を撮ったカラー写真がたくさん入っているる本を進呈すると、セトル・ジャンは好奇の目をかがやかし、コントアールにいる他《ほか》の客たちへも、東京の写真を見せている。浅草や神田の祭礼の写真が多かったので、ことさら興味をそそられたのだろう。

ポーレットには、きれいな縮緬《ちりめん》でつくられた携帯用の裁縫セットをあげたら、いきなり抱きついてきて、私の頰《ほお》にキスしたので、私もお返しにポーレットの両頰へキスをした。

六十をこえたおばあさんとはおもえぬほど、ポーレットの頰はやわらかい。

まるで、むかしの東京の下町にあったような、この居酒屋がすっかり気に入ってしまった私は、パリにいる間、四度ほど足を運んだ。

そうした或日《あるひ》。夕方に〔B・O・F〕のテーブルと椅子《いす》には予約の皿《さら》とナイフがととのえられてあった。間もなく若い男女があつまって来てパーティがはじまった。ワインとパンとチーズだけの、つつましいパーティなのだが、その若い人たちが語り合うしずかな声と、あたりに迷惑がかからぬような笑い声の明るさが、ほんとうによかった。

がっしりとした大男で、白髪《しらが》を短かく刈りあげたセトル・ジャンが、いかにも慎重きわまる手つきでペルノーの水割りをつくる、その真剣な目の色も私は好きだった。

〔メグレ警部〕のシリーズで有名な作家ジョルジュ・シムノンも、パリに住んでいたころは、この〔B・O・F〕がお気に入りで、老亭主がコントアールに立っている顔を写真にして、自分の〔メグレもの〕の一冊の表紙に使ったこともある。

「これが、その本ですよ」

と、セトル・ジャンがうれしそうに出して来て、私に見せ、

「旦那《ムッシュウ》（シムノン）は、いま、スイスに住みついてしまいましたがね」

と、いった。

これは、吉田さんが通訳してくれたのである。

東京へ帰ってから、フランス映画の本ができたので、老亭主へ送った。本の中には、吉田さんが撮ったセトル・ジャンのすてきな写真も入っている。

そして去年の秋。

パリに住んでいる私の友人（写真家）の細君がレアールの近くへ来たので〔B・O・F〕へ入り、

「コーヒーを下さいな」

といったら、セトル・ジャンは、

「うちには、コーヒーなんかないよ」

むずかしい顔つきでこたえたが、

「お客さんは日本人かね？」

「そうですよ」

「それじゃあ、これをごらんなさい」

たちまちに微笑を浮かべ、私が送った本を出し、その中の自分の写真を、さもうれしそうに見せたという。

友人の細君はワインを一杯のんで帰って来たと、手紙で知らせてくれた。

今年、また私はフランスへ行く。

パリにいる日数は少ないが、毎日〔B・O・F〕へ通うつもりで、それが、いまからたのしみなのだ。

吉田大朋さんは日本へ帰って来てしまったが、写真家の若い友人は、まだパリに住んでいるので心強い。

東京に新居をかまえた、今年の吉田さんの年賀状は〔B・O・F〕のテーブルの上にパンとワインとナイフが乗っている写真を刷り込んだものだった。

マルセイユからニースへ

パリのリヨン駅から夜行列車でマルセイユへ発《た》った夜は、まるで、秋が来たかのような冷たい小雨が降りけむっていた。

この夜も、レアールのセトル・ジャンの酒場〔B・O・F〕で、ペルノーをのんでから駅へ向かったのだった。

私の同行者は、カメラマンの吉田大朋さんとH社のT君である。

大朋さんの助手で、いまはファッション・カメラマンとして独り立ちしているO君が車を運転して、私たちをリヨン駅まで送ってくれた。

生まれてこの方、パリを一度もはなれたことがないというセトル・ジャンは白髪頭を振りたてながら、

「マルセイユなんかへ、わざわざ行くことはないよ。あそこはいま、麻薬をやってるギャングどもがうようよ泳いでるってぇから物騒だ」

苦い顔をして、私たちを送り出したのだった。

夜ふけのリヨン駅のプラット・ホームが雨に濡《ぬ》れている。

私たちが寝台車へ入った後で、四十前後の男女が乗り込んで来て、上下四つの寝台のある私たちのコーナーへあらわれた。

男が女の手から旅行鞄《かばん》を受け取り、上段の右側の寝台へ置き、私たちを睨《にら》みつけるようにしながら、女に何かささやき、プラット・ホームへ出て行った。

女は、通路の窓際《まどぎわ》へ立っていた。

プラット・ホームから、男が、私たちをじろじろと見やりながら何かいっている。フランス語を知っている大朋さんが、苦笑を洩《も》らしたので、

「何といっているんです？」

と、尋いたら、

「日本人《ジャポネ》が三人もいるから、気をつけろといってますよ」

そう、こたえた。

列車がうごき出すと、すぐに私は下着だけになって上段左側の寝台へもぐり込んでしまった。

ペルノーをかなりのんでいたので、すぐに眠れた。

目がさめたのは午前三時ごろだったろう。

下段の寝台から、T君と大朋さんの鼾《いびき》がきこえた。

女は、上段右側の寝台で、スーツをつけたまま、身を固くして横たわっている。こんなところでジャポネが何をするわけでもないのだが、やはり男三人のところへ一人きりで寝ているのだから心細くもあり、緊張もしているのだろう。

私は、また眠りに入った。

つぎに目ざめたとき、列車はマルセイユに近づいていた。

下段の二人も、女も起き出している。

女は通路に立ち、腫《は》れぼったい目で車窓から外の風景を凝視していた。その目に泪《なみだ》が浮いている。やつれた横顔が、いかにもさびしそうだった。私は昨夜、女を送りに来た中年男の、ひげの濃い疲れきった顔をおもい出しながら身仕度をととのえた。

車窓の外に、まるで別の国へ来たかとおもわれるほどの暖かい朝の日ざしがみなぎっていた。

私が、女の旅行鞄を下ろしてあげると、

「メルシイ」

はじめて、女が笑顔を見せた。これまた、さびしげな微笑だった。

マルセイユの駅を出ると、オレンジ色の街衢《がいく》が、南フランスのあくまでも明るい朝の光りを吸い込んでいる。

大朋さんは、レンタ・カーを借りに行った。

その車で街へ下りて行き、小さな広場の小さなアメリカふうのレストランで、ソーセージとトーストとコーヒーの朝飯を食べたとき、私が外へ出て行き、新聞を買って小脇《こわき》に抱えてもどって来ると、大朋さんが、

「おう、カッコいい」

と、からかった。

フランス語を知らぬ私ゆえ、新聞を読むわけではないが、旅行中の新聞紙は何かと便利に使えるものなのだ。

やがて、私たちは、マルセイユの旧港へ向かった。

何も彼《か》も、おもったとおりだった。

芝居や映画で何度も観《み》ているマルセイユ。小説や戯曲で知ったマルセイユ。その景観に少しの狂いもなく、私は何度も来たことがある港町を懐《なつか》しくながめる気分になってしまったのだ。

フランスの作家マルセル・パニョルの戯曲で、マルセイユを舞台にした〔マリウス〕と〔ファニー〕を読んだのは、戦前の、もう四十年も前のことだ。

一九三〇年代のパリ劇壇を「ミラクール・パニョル」とよばれて一人じめにした感があるマルセル・パニョルの〔マリウス〕は、マルセイユ旧港に臨む小さなカフェが舞台となっている。亭主《ていしゅ》のセザールの一人息子がマリウスで、海にあこがれるマリウスは、恋人のファニーを捨てて出奔し、船へ乗ってしまう。

その後で、ファニーはマリウスの子をやどしていることがわかる。ファニーの母のオノリーヌは旧港の露店で魚や貝を売っている。

その他《ほか》に船道具屋の主人パニスや、渡し船の船長や税関の洒脱《しゃだつ》な官吏ブラン氏などが登場する、この戯曲を読んでいると、永戸《えいと》俊雄《としお》の名訳もあったろうが、まるで、私が生まれ育った東京の下町の人びとの生活そのものが感じられた。

結局、父《てて》なし子を生まぬために、ファニーは自分の父親のような老パニスと結婚してしまう。その後で、船員になりきったマリウスが帰って来て、我が子が生まれていたことを知り、クライマックスを迎えることになるのだ。

日本では、文学座が故森雅之《もりまさゆき》のマリウス。若かった杉村《すぎむら》春子のファニー。中村伸郎《のぶお》のパニス。三津田《みつだ》健のセザールで舞台（築地《つきじ》小劇場）へかけた。

ほんとうに、たのしい舞台だった。いまも目に残っている。

フランスでは、レーミユがセザール。ピエール・フレネのマリウス。オラーヌ・ドマジヌのファニーという名舞台で、むろん、私は観ていないけれども、ことにドマジヌのファニーがすばらしく、作者のパニョルは大満悦だったという。

戦後、アメリカで、ジョシュア・ローガン監督で、このパニョルの三部作が「ファニー」の題名で映画になった。ファニーはレスリー・キャロン。マリウスはホルスト・ブッフホルツ。そしていまは亡《な》きシャルル・ボワイエがセザール。モーリス・シユバリエがパニスという配役で、ローガン監督は、ブロードウェイでも〔ファニー〕を演出しているだけに、音楽をたっぷりと使い、これはこれで、なかなかたのしい映画だった。

さて……。

朝の旧港には魚介を売る屋台店がならび、そのまわりに人びとがひしめいている。オノリーヌもいれば、パニスもセザールもいるというわけだ。

その中に一人、ジャン・ギャバンそっくりの老人がいたので、

「ギャバンに似ている」

と私がいい、大朋さんがカメラを構えると、老人は葉巻を口にくわえ、気取って見せた。

まわりの人びとが、どっと笑い出す。

おそらく、この老人、マルセイユの人たちからも「ギャバンそっくり」といわれているにちがいない。

マルセイユの旧港は、スエズ運河が開通して以来の一大国際港だったけれども、いまはヨット・ハーバーと漁船の舟溜《ふなだま》りになってしまった。

アメリカ映画の〔フレンチ・コネクション2〕では、ジーン・ハックマン扮《ふん》する刑

事ポパイが、麻薬密売のボスを追いつめるクライマックスの舞台となったが、こうなると、もうパニョルの世界ではなくなってしまう。

夜のマルセイユは、

「ちょっと危険らしいですよ」

と大朋さんがいった。

二人がマルセイユの諸方を撮影している間に、私は旧港の突端に近い岸壁で、ゆっくりと体操をはじめた。

地中海の汐風《しおかぜ》が、こころよくただよいながれ、空は紺碧《こんぺき》に晴れわたっている。

旧港をへだてた南の丘の上のノートルダム・ド・ラ・ガルドの伽藍《がらん》をながめながら、夜行列車の寝台でかたくなった躰《からだ》を、体操でもみほぐすのは、ほんとうに気持がよかった。

やがて、むかしの城塞《じょうさい》を撮り終え、もどって来たT君が、

「麻薬密売のボスが体操をしているのかとおもいましたよ」

と、いった。

やがて、私たちはマルセイユに別れを告げた。

その夜は、ニースへ泊る予定になっていたからだ。

車が高速道路へ入って間もなく、私は、ぐっすりと眠り込んでしまった。

その間に、マルセル・パニョルが生まれたオーバーニュのあたりを通り過ぎてしまったのだろうか……。

そういえばパニョル、若いころにマルセイユで中学校の教師をしていたことがある。

貧しい教師の生活の中で、パニョルはマルセイユとマルセイユ人の生態をつぶさに観察しながら、

「いまに、きっと、パリを征服してやる」

と、いったそうな。

友人が、

「どんなふうにして征服するんだい？」

そう尋《き》くと、パニョルは大手をひろげ、

「こうやって、抱きしめてやるのさ」

と、こたえたそうである。

ふと、目ざめた。

車窓の外の風景が、恐ろしい勢いでながれ疾《はし》ってい、助手席のT君が、こころもち蒼《あお》ざめ、座席のバンドを躰へ巻きつけている。

運転は、吉田大朋さんだ。

くびをのばしてメーターを見ると、二百キロ近くも出ている。

「凄《すご》いですね」

と、T君がいった。

すると大朋さんが、

「ぼくは前に、一度、大事故に遭ってね。そのとき死んだとおもったから……もう、どうなっても何ともないよ」

などと、こたえている。

「いやだなあ……」

「冗談だよ。まかしておきなさい、大丈夫だって」

二人の声を聞きながら、また、私は眠りにひきこまれてしまった。

やがて、サン・トロペへ到着した。

いよいよ、紺碧海岸《コート・ダジュール》へ入ったのだ。

地中海に沿った、マルセイユからイタリア国境に近いマントンまでの南フランスの海岸は、世界的なリゾートである。

数え切れぬほどに、欧米の映画で、私はコート・ダジュールを観てきたわけだ。

まだ、夏のシーズン前なので、サン・トロペのヨット・ハーバーにも人影は少なかったけれども、女たちは、いずれもビキニで肌《はだ》を灼《や》きはじめていた。
大朋さんが、
「うまいレストランがあるんですよ」
と、そこへ車を走らせたが、シーズン前なので店を開けていない。
そこで、海辺にならぶカフェ・レストランの一つへ入った。
そこで遅い昼食をしたためたわけだが、食べたものは、つぎのようなものだ。
ニース風のサラダ
帆立貝のコキール
鯛《たい》の塩焼（丸一尾。松の小枝をあしらって焼きあげたもの。私には、とてもうまかった）
レモンの氷菓
コーヒー（エスプレッソ）
イタリア人の若い給仕が親切にもてなしてくれた。

海岸のリゾートは、日本も外国も、どことなく同じようなムードがある。そして、まさに紺碧の海を空に張りつめている初夏の大気の甘さ、すがすがしさは格別のものだった。

また、ハイ・ウェイへもどって車を疾走させる。サン・ラファエル、カンヌ、カーニュなどのリゾートを右手に見下ろしつつ、ニースへ入った。

ニースまで来ると、イタリアの街へ来たようなおもいがする。といっても、私は一度もイタリアへ行ったことはないが、欧米の映画でイタリアは何度も見物？　しているのだ。

パリの市街とは、まったくちがう。黄金色《こがね》にくすみのかかった街衢《がいく》の重々しさが、リゾートの軽快な風景と見事に調和しているのだった。

ホテルは、カジノの傍《そば》のホテル・プラザというアメリカ風のホテルで、大きい。部屋も大きく、大理石のバスルームの設備も申し分がなかった。

テラスへ出て見ると、下は椰子《やし》が茂っている小公園で、もう七時だというのに、まるで真昼のような青空へジェットの航跡雲が尾を引いている。

シャワーを浴びてから、私たちは仕事のため撮影に出た。

しだいに、紫色の夕闇《ゆうやみ》がたちこめる街の中で、大朋さんは精力的にシャッターを切りはじめた。

細道の石の塀《へい》に、私が名も知らぬピンク色の花が咲きこぼれ、鳩《はと》がのんびりと歩きまわっている。

ようやく、夜の闇が私たちを抱きすくめてきた。

「これから飯にしますか?」

と、T君。

「その前に、シャンペンをやろうよ」

私がそういうと、大朋さんはたちまちに賛成した。

カジノのとなりの大きなカフェ・レストランへ入って、

「シャンペンに、もっともよい肴《さかな》をたのむ」

といったら、給仕監督《ジェラン》は、

「これにかぎる」

と、こたえ、ポテト・スティック・フライを運んで来てくれた。

ノルマンディとバルビゾン

帰国の日もせまった或《あ》る一日。

私たちは、例によって吉田大朋さんの車でノルマンディへ向かった。運転は大朋さんの助手をしていた小田君で、この人はいま、帰国した大朋さんのフランスでの仕事を引き継ぎ、独立している。今年、また私はフランスへ行くのだけれど、小田君との再会を、いまからたのしみにしているところだ。

私のフランスでの仕事は、フランス映画の本を一冊書くことだった。

そこで、この日は先《ま》ず、マルセル・カルネが、はじめて一本立ちの監督になったときの映画の〔ジェニイの家〕の舞台となったスポンチニ街へ行き、私はメモ、大朋さんはカメラで仕事をはじめた。

〔ジェニイの家〕は、スポンチニ街の高級住宅の一角で高級娼婦《しょうふ》を金持ちの客へ紹介するナイト・クラブのようなものを経営している中年女のはなしだった。この女主人公をフランソワーズ・ロゼエが演じたわけだが、ロゼエは、カルネ監督の師匠ジャック・フェデエ夫人である。

夫の弟子の初メガホンを祝っての出演だったが、この映画のロゼエは、またもすばらしい演技をしめし、日本のファンを唸《うな》らせたものだ。

初夏の曇り空の、いくらか冷んやりとする朝の並木道を、贅沢《ぜいたく》な毛皮のコートに身を包んだ美女が歩んでいるのを見て、大朋さんが、

「あれも、ジェニイの家に出て来るような娼婦《おんな》ですよ」

という。

「へえ。いまもこの辺、やっぱりそうなの？」

「ええ、そうらしい。夜なんか道に立っている女も、目の玉が飛び出るほど高いのじゃないですかね」

撮影が終って、私たちは、レイモン・ポアンカレ街にあるジャン・ギャバン未亡人のアパルトマンを訪問したが、未亡人は何処《どこ》かへ姿を隠しているらしかった。ギャバンの死後、いろいろとめんどうなことが起り、人を避けているのだ。

そこで、私はすぐにあきらめて、ノルマンディへ向かうことにした。

ギャバンが晩年をすごしたノルマンディの牧場の写真は、後日、大朋さんが撮って来てくれることになった。

高速道路へ入って快適に車は走る。

フランスの高速道路は、いたるところで切符を買い直さなくてはならないし、また

料金も高い。

ル・アーヴル港の手前のブ・アシャン村へ入ったとき、ちょうど、お昼だった。

立派な教会の塔が、むせ返るような青葉の木立の向こうに見える道路へ車を停《と》め、私たちは小さなホテル・レストラン〔ル・ブロン〕へ入った。

山小屋ふうの小ぎれいなレストランだ。

このあたりは、避暑地のドーヴィルや、美しい港町として知られるオンフルールにも近い。

「何、食べます？」

と、T君が私に尋《き》く。

「小羊のローストにする」

「ぼくは、鱒《ます》のバター・ソースにします」

「ぼくも鱒」

と、大朋さん。

「ぼくはステーキ」

と、小田君。この人は、いつでもビーフ・ステーキだ。

大朋さんが、フランス語のメニューをいちいち読んでくれるので助かる。

羊のローストは、こんがりと外側が焼けて、骨つきの肉はピンク色だ。

サラダはトマトとポテト、キャビア、アスパラ、ニンジンのミックスで、いかにもていねいに庖丁《ほうちょう》が入れてあり、ガラスの器に美しく盛りつけられている。これは男がつかった庖丁ではないとおもった。ここのマダムが調理場に入っているのだろう。

フランスのレストランでは、どこでもそうだが、つけ合わせのポテト・フライが山盛りになって運ばれて来る。

「うまいね」

「上等です」

「ワインを白のほかに、赤も貰《もら》おう」

それで勘定は、一万二千円ほどだった。

四人で腹いっぱい食べて飲んでなのだから、食べものが高い日本から来た私たちはびっくりしてしまう。

私は、デザートにレモンの氷菓を注文した。

ブ・アシャンを出て、ひろびろと展開するノルマンディの野面《のづら》の中をすすみ、ル・アーヴルへ着いたのは午後の二時ごろだったろう。

イギリス海峡にのぞみ、セーヌの河口にある、フランス屈指のこの貿易港を舞台にして、フランスの劇作家シャルル・ヴィルドラックが書いた〔商船テナシチー〕という芝居は、昭和の初期に、ジュリアン・デュヴィヴィエ監督が映画にした。

ヴィルドラックが、この芝居の構想を得たのは、第一次大戦へ従軍中のことだったそうな。だが、そのときは、ル・アーヴルを背景にした二人の男と一人の女のはなしをおもいついたにすぎなかったのだろう。

それを復員後、大戦後の不景気で失業した二人の男が、カナダ移民となってル・アーヴルへあらわれ、酒場（兼）食堂の女中を愛してしまうという芝居にして、これはヴィルドラックの出世作となった。

映画も、私ども年代の映画ファンには忘れ得ぬ傑作の一つとなり、友だちと女に裏切られた、おとなしい男セガールが雨に濡《ぬ》れた港を歩みながら、

「港の雨って、さびしいね」

というセリフは、若い私たちの胸をしめつけたものだ。

ところがル・アーヴルは第二次大戦によって大半が焼失してしまい、近代的な、巨大な港湾施設の中には、ヴィルドラックやデュヴィヴィエを偲《しの》ばせる何物もなかった。

ただ、破壊をまぬがれた一角の建物に、いまも無数の弾痕《だんこん》を見るのみである。

小雨がけむりはじめた港の一隅《いちぐう》の小さな店で、親切な若いおかみさんが、

「そりゃあ、もう、戦争のときはひどかったっていいます。私は生まれていませんでしたけど」

と、いった。

私たちはロゼをのんだ。

この日。

私たちがパリへもどったのは、深夜の十一時ごろだったろう。

途中、印象派画家のモネが住んでいたこともあるオンフルールや、ジャン・ギャバンの厩舎《きゅうしゃ》もあった海岸の避暑地ドーヴィルへも立ち寄り、夕飯はルーアンの町ですませた。

ジャンヌ・ダルクが焚刑《ふんけい》に処せられたルーアンの旧市街の夕闇《ゆうやみ》の中に立っていると、まるで中世そのものの人間になったような気がする。

だが、レストランは何処も観光客でいっぱいだった。

その中の一つへ入り、生ガキやカレイのムニエル（オランダ・ソース）などを食べたが、まことに粗雑なもので、ブ・アシャンの小さなレストランのほうが何倍もよかった。

私の、このときのフランス旅行は、本を書くためのもので、食べ歩きが目的ではなかった。私の旅は講演のためなら、それ一つにしぼり、取材なら取材、食べ歩きなら食べ歩きと、目的以外のことにはあまりエネルギイをつかわぬ。

みやげなども、帰国の前日、小田君に案内してもらったオペラ通りの免税店で、

「スカーフを出して下さい」

と、たのみ、たちどころ三、四十枚をえらび、三十分ですませてしまった。

したがって、食べる物は、フランス人がよく行く〔クーポール〕のような店ばかりだったが、何といっても、リヨンの〔メール・ギイ〕がすばらしかった。

舌平目のムニエルなどという、ありふれた料理を得意にするだけあって、そのこんがりとした焼けぐあいといい、魚の身のやわらかさといい、盛りつけといい、何ともいえなかった。あれだけのムニエルを食べたおぼえがない。やたらに油くさい東京の名高い店のムニエルなど、足許《あしもと》へもおよばなかった。

フランスにいる間、私は一度も日本料理を食べたいと思わなかった。

みんなが気をつかってくれ、一度だけパリの鮨《すし》屋へ連れて行ってくれたが、マグロを二つ口に入れただけで、私は外へ出て町を歩いた。

私がフランスでうまいとおもったのは、やはりハムや羊である。また鴨《かも》や新鮮な野

菜である。

そして、エッフェル塔の下の公園などの屋台で売っているアイス・クリーム。これは私が子供のころ、浅草や上野の屋台で売っていたものと同じような味がした。つまり、こってりとしたアイス・クリームではなく、どちらかというとシャーベットに近い、さっぱりとした味で、なつかしかった。

日本のアイス・クリームが、黄色の、こってりとしたものになったのはアメリカの影響かも知れない。

パリの郊外、バルビゾンのホテル〔バ・ブレオー〕へ二泊したのも、よかった。

フォンテンブローの宏大《こうだい》な森をひかえたバルビゾンの風光については、いまさら書きのべるまでもあるまい。

〔バ・ブレオー〕は山荘ふうのホテルで、むかしは狩人《かりうど》たちの宿屋だったそうな。

ロビーへ入ると、何ともいえぬよい匂《にお》いがする。信州の山の中の温泉宿の匂いだ。

薪《たきぎ》の香ばしい匂いがしみついているのだった。

それでいて、客室のバス・ルームの完璧《かんぺき》さは、どこの一流ホテルにも負《ひ》けはとらない。

このホテルで、小鳥の声を聞きながら昼寝をしたときは、ほんとうに寿命が延びたような気がした。

ベッドのシーツには香料が振りかけられてい、窓から流れ入る微風は花の香りを運んでくる。

T君は、このホテルへ着くや、メニューを借りて来て、すべて翻訳してしまった。このときは二時間もかかり、吉田大朋さんがいなかったので、T君も懸命だったのだろう。

おかげで安心して食堂へ入り、ジェランのディノに、先ず若鴨のロースト（芥子《からし》とビネガー入りのソース）を注文すると、ディノが、

「よい注文です」

と、いい、それに合わせて、ホテル風のサラダとホテル風の、コニャックの香りがするスフレをすすめてくれた。

翌日は、近くのモレーへ行き、ローヌ川に浮かぶ船上レストランでワインをのんだりして、ホテルへ帰り、中庭のテーブルで、生ハムとパン、ホテル風の野菜サラダでロゼをのんでから、私は昼寝をしたのだった。

ジェランはイタリア人でディノ・マルキュアーレといい、前夜、日本のタバコとマッチをあげたら、

「私は、いろんな悪いことをしているが、ただ一つ、いいことをしている」

と、いう。

「それは何か?」

「タバコを吸わないことです。女房《にょうぼう》は一日に五十本も吸うヘビイ・スモーカーです。だから、昨日いただいたタバコとマッチは女房にやりました」

ディノは、近くに住んでいるらしい。

二日目の夕飯は、山盛りのアスパラガスのマヨネーズに、仔牛《こうし》の胸肉の煮込み。それに野イチゴを食べた。

私はすぐに部屋へ引き取ってしまったが、T君はロビーで、ディノのサーヴィスでブランデーをのみながら、私のことを、日本の小説家だといったらしい。

するとディノは、翌日、私に、

「このホテルを舞台にして小説を書いて下さい」

と、いう。

「君を主人公にしようか」

と、こたえたら、

「このつぎに来るときは、その本を持って来てくれ」

と、いった。気の早い男である。

バルビゾンからパリへ帰った夜には、T君と、パレ・ロワイヤル近くの〔福禄壽《ふくろくじゅ》〕という中国料理店へ行った。

この店の料理は一皿《ひとさら》の量が少なく、いろいろなものが食べられるし、また、うまかったので何度も行った。

トリの焼きソバやワンタン・スープ、鴨の炭火焼、エビとネギの炒《いた》めもの、モヤシとエビの冷菜、肋骨《ろっこつ》のチャーシュウなど、いろいろと食べた。

福岡出身の日本青年がジェランをつとめているのも、私たちには親しみがあった。

それに有名な、レアールの〔ピエ・ド・コション〕の豚の足も齧《かじ》ったが、こればかりはどうも、いただきかねた。

ヴェルサイユとパリ

帰国の日がせまった或日《あるひ》、私たちはヴェルサイユ宮殿を見に出かけた。

今日も、よい日和《ひより》で、陽光は真夏のものといってよかった。フランスへ来てから、もっとも暑い日だった。

シャンゼリゼからタクシーに乗って、約三十分ほどで、ヴェルサイユへ着いた。

観光客や、小学生の団体見学で宮殿前の広場は相当に混雑していたし、宮殿内も人の群れが押し詰まっている。

私たちは先《ま》ず、庭園を歩きまわることにした。

これだけ人が出ていても、宮殿の庭園は広大をきわめているので、したたるような緑の森の中の小道を行くとき、擦れちがう人もないほどだった。

庭園の中に牧場があって、のんびりと牛が草を食《は》んでいる。農園もある。

宮殿内の食料は、みな、ここでまかなっていたのだろう。豪勢なものだ。

この宮殿を、かほどに宏壮華麗なものに仕立てあげたのはルイ十四世だが、それ以前のヴェルサイユは一つの村にすぎなかった。小さな城があって、そこがルイ十三世の狩猟の基地となっていたものを、

「太陽王」

と、よばれたルイ十四世が、まったく異なる目的をもって宮殿のスケールを一変させた。その工事が完成するまでには約半世紀を費やしたという。

ルイ十四世は若くして君主の座についたが、あるとき、財務官のフーケが、パリの南方にあるヴォー・ル・ヴィコントの自分の居館へ王さまを招待した。

その新築の居館は贅《ぜい》のかぎりをつくした立派なものだったので、ルイ十四世は不審

を抱いた。

「これは、フーケが不当に得た金で建てたものにちがいない」

ということになり、王はフーケを捕え、投獄してしまった。

フーケは、若い王さまを甘く見ていたのだろう。

それはさておき、ルイ十四世は、フーケの館《やかた》の美しさに瞠目《どうもく》し、この館の工事を指揮した建築家や造園家、室内装飾家をまねき、フーケの館など問題にならぬ大宮殿をつくりたくなったのである。

そして、ヴェルサイユがえらばれ、大工事が開始されたのだった。

ルイ王は、みずから工事の指揮にあたり、こうなると、建築造園がおもしろくなってきたのだろう。何しろ、セーヌ川から水を引いて庭園内の泉や水路をうるおしたというのだから、費用も莫大《ばくだい》なものとなり、王室財政のみか、国の経済も貧困になってきて、

「それが、フランス革命の遠因になった」

という史家もいる。

ルイ十四世は、このヴェルサイユ宮へ、フランス全国の貴族たちを伺候《しこう》せしめ、彼らを無力にさせて、中央集権政治をおこなったわけだが、こういうところは、むかし

の日本も西洋も同じだ。

ルイ十四世のことを想《おも》うとき、私は、豊臣秀吉《とよとみひでよし》のおもかげを、そこに偲《しの》ぶ。ちょっと似ているところがあるからだ。

私たちは、屋台のアイス・クリームを買ってなめながら、森の奥へすすんだ。

アイス・クリームを売っていたのは三十前後の美しい女で、それを髭《ひげ》の男がしきりに口説いている。

だが、女の傍《そば》には大きなマリー種の飼犬がついていて、男が女に近づくと低く唸《うな》ってせまって来るので、どうにもならない。

アイス・クリーム売りの女が笑い、私が笑うと、ひげの男は凄《すご》い眼《め》をして私をにらみつけた。

女が尚《なお》も笑いながら、ひげ男を指さして、私に「ムッシュウ。何とか何とか……」と言った。ムッシュウだけはわかったが、あとは何をいっているのか、さっぱりわからぬ。おそらく「この人は、うるさくて仕様がない人ですよ」というようなことなのだろう。

ひげ男は満面に血をのぼせ、憤然として立ち去った。

森の奥にある小《プチ》トリアノンの田舎風の別荘は、まことによかった。

このあたりは庭なども自然のままの姿をたもつようにされていて、ゆたかな泉池の前の田舎家を、かのマリー・アントワネットが大変に好んで、毎日のようにやって来たそうな。

「こんなに大きな、すばらしい宮殿なのに便所が一つもないんですってね。ルイ十六世もマリー・アントワネットも、野外で用を足したんでしょうか？」

と、T君がいった。

「そういうこともあったろうね。しかし、室内にいるときはオマルのようなものを使ったのだろう」

「ははあ、オマルねえ……」

午後もおそくなって、私たちは宮殿を出た。ゆっくり見物するのなら、まる一日はかかるだろうし、できるなら、ヴェルサイユの町のホテルへ泊り、二日がかりで見たいと思った。

ヴェルサイユから、タクシーに乗ると、車を出す前に若い運転手が身分証明書のようなものをT君に見せ、しきりに何かいっている。こうなると私はもうT君にまかせるよりほかかない。

やがて、車は走り出した。

「いえ、つまりね。自分がヴェルサイユの運転手であることを身分証明書を出して確認させたわけですよ、ぼくたちに」

「ふむ、ふむ。それで？」

「だから、帰りの車賃もはらってくれなくては、パリまで行かないというわけです」

T君は、はらってやることにしたのだ。

パリへ着いたのは午後五時ごろだったが、空は、まだ真昼のように明るい。

私たちのホテルは、エトワールや凱旋門《がいせんもん》にも近いシャトウ・ブリアン通りの静かな小さいホテル〔メイフラワー〕だった。

ここの帳場には英語を話せる人がいるので便利だし、家庭的なよいホテルである。

吉田大朋さんが迎えに来る時間がせまっていたので、私は部屋へ入り、急いでシャワーを浴びた。

この日の夜は〔ルイ十四世〕というレストランで夕飯を食べた。

大朋さんがリヨン料理だといったので、それなら名物のビーフ・シチュウ（ブフ・ブールギニヨン）にしようと考えていたのだが、すっかり忘れてしまい、羊のローストをたのんだ。店の内部は白に近い淡いクリーム色が基調になって、その雰囲気《ふんいき》はリヨンで泊ったホテルの部屋に、とてもよく似ている。

ここを出てから、モンパルナスの酒場へ出かけた。

銀座のクラブと同じようなものだが、女たちがフロアへ出て絶えず踊っている。黒人女の踊りを見ているのがたのしかった。

私は、もう疲れていたので、大朋さんの車でホテルまで送ってもらい、T君と大朋さんは、また別のところへ飲みに出かけた。


翌日も晴れわたっている。

今度の旅は、ほんとうに天候にめぐまれた。

そのためスケジュールが一日も狂わず、充分に取材ができた。

この日も昼前から大朋さんの車で、あちらこちらとパリ市内をまわった。

モンマルトルの墓地へ行き、名優ルイ・ジューヴェの墓をカメラにおさめたのだったが、近くに椿姫《つばきひめ》のモデルとなった高級娼婦《しょうふ》の墓があって、女子学生らしい二人がノートを出して、しきりに何か書いている。

大朋さんが椿姫の墓を指し、

「彼女をどうおもうか？」

と尋《き》いたら、

「すばらしい」

二人とも、大きくうなずき、眼を輝やかせた。

この日は、コンセルヴァトワールの撮影をした。

コンセルヴァトワールは、フランス国立音楽院と国立演劇学校を兼ねてい、世界的な権威をもつ。

この学校は、どこまでも実力主義だ。金のちからも情実も、身分も、まったく無縁のものであって、実力さえあれば入学でき、卒業することができる。

そうした、きびしい雰囲気が学院内にみなぎってい、フランソワーズ・ロゼエもマリー・ベルも、マドレーヌ・ルノーも、みんな、コンセルヴァトワールを出て舞台に立った。

中庭の木立の緑が美しく、ほとんど人影もない静かな院内の何処《どこ》からか、ピアノの音が洩《も》れている。

大朋さんは此処《ここ》が気に入ったらしく、長い時間をかけて熱心にシャッターをきっていた。

翌日は、帰国が明日にせまったので、一応、みやげものなどを買うつもりで、小田君に案内をたのんでおいた。T君は大朋さんと仕事の打ち合わせをすることになっている。

午前十時に、小田君が自分の車で迎えに来てくれた。

私は先ず、エトワールに近いコダックの会社へ行き、フィルム用のブリキ製の小さなトランクを買った。実にしゃれたもので、大朋さんが持っているのを見て、ほしくなったのだ。

それから二つ三つ、店を歩いて見たが、めんどうくさくなってきたし、小田君もすすめるので、オペラ通りの免税店へ行き、

「スカーフを出して下さい」

と、いい、たちまちのうちに三、四十枚をえらび、そのほかの買物と合わせて約三十分で、すべてすませてしまった。

旅行へ出て、みやげものに時間をとられるほど、ばかげたことはない。

しかし、私は「オーブリイ」で買った黒い靴《くつ》を履いてみて、

（まったく、申しぶんがない）

すっかり気に入ってしまったので、茶の靴を、もう一足買いたかった。

そこで「オーブリイ」へ行った。

この前の中年の婦人が、今度もまた、何度も靴を変え、私を歩かせて見ては、

「もう少し、ゆるいほうがよろしいです」

慎重に、えらんでくれた。

履いてみると、たしかにゆるく、いまにもぬげそうでいてぬげない。歩くうちに、こころよく足にフィットしてくるのだ。

〔オーブリイ〕を出てから、レアールのレストランへ行き、昼飯をすまし、ブローニュの森へ行った。

広大な森の中の、大きな池を渡し舟でわたった中の島のカフェで、小田君とワインをのみ、のんびりと休んだ。

小田君に送られてホテルへもどったのは、午後二時ごろだったろう。

この日六時に、シャンゼリゼのカフェ・レストラン〔フーケ〕の前で、画家の風間完さんに会うことになっていた。

風間さんは、私が週刊A誌に連載している小説の挿画《さしえ》を、もう四年も描《か》いてくれている。

私が小説を書きためてフランスへ来たので、風間さんも画を描きためて、これはA誌のS君と二人きりでフランスへ来て、ノルマンディのあたりを車で旅していたので

ある。

風間さんは、かつて二度もパリで画の勉強をつづけていただけに、よい意味でフランス病患者といっていいだろう。

午後六時に〔フーケ〕の前へ行くと、風間さんとS君があらわれた。

近くのカフェの椅子《いす》で私たちは、ちょっとした対談をやり、S君がテープにとった。

帰って、銀座のタウン誌へのせるためだそうな。

それから夕暮れのパリをバスへ乗ったり、歩いたりした。

まだ空は明るい。

私は、また居酒屋の〔B・O・F〕へ二人を連れて行き、ペルノーの水割りをのんだ。

近くの古道具屋で、風間さんは椅子を買った。

二人は、明日、私たちと同じ航空機で帰国するのだという。

このあたりのレストランへ入り、夕飯をとることになった。

私は、ヤシの実のサラダに舌平目のムニエル、苺《いちご》のタルトにコーヒーだった。

リヨンの〔メール・ギイ〕の舌平目とくらべてみようとおもったのだが、むろん、問題にならない。

「フランスで、何が、いちばんよかった？」

と、風間さんが私に尋いた。

「そうだな。ニースも、リヨンもよかったけれど、たとえば、ほら、オペラ座の裏のデパートね」

「ふむ、ふむ」

「あそこへ買物に行って出て来ると、デパートの前で若い三人組がサキソホンとドラムとベースでスイング・ジャズをやっていて、それを三十分間ばかり聴いて、十フランばかり、帽子の中へ入れたんだけど、とてもたのしかったな、あのジャズは……」

「十フランもやったの」

「いけない？」

「いけないことはないけど……」

風間さんたちのホテルも、この近くだった。

S君はタクシーで、私をホテルまで送ってくれた。

T君は、まだ帰っていない。

フロントで、いつものように、私はミネラル水の小びんをもらい、部屋へあがった。

シャワーを浴び、六階の窓から下の通りをながめていると、夜更《よふ》けの道を男女がもつれ合うようにしてやって来て、筋向かいのアパルトマンの前で立ちどまると、いきなり、男が女の顔へ平手打ちをくわした。

女は、だまってうつむいている。

男は二、三歩行きかけたが、また、もどって来て女の肩を抱き、アパルトマンへ入って行った。なんだか、ルネ・クレールの映画の一齣《ひとこま》を見ているような気がした。

パリの味・パリの酒

今度のフランス旅行では、何かうまいものを食べて来ようという気持は、はじめから捨てていた。映画の本のための取材だから。旅行に出かけるときは、本来の旅行目的以外のことにあまり神経を使っちゃ駄目《だめ》なんだ。

だから、その土地その土地で、そこのフランス人が行くカフェやレストランへ入り、普通のものを食べていたわけですよ。

わずか半月ほどの旅行でも、外国へ行くともう和食が食べたくてしかたがない……そういう人も多いというけど、おれは平気なんだよ。ごはん食べなくても大丈夫なんだ。たった一回、人に誘われてつきあっただけだったな。パリのすしやで鮪《まぐろ》を三つ四つつまんで、あとは一足先に出てあたりを散歩してたよ、そのときも。

旧中央市場《レアール》の跡は、国立文化センターにするというので、すっかり壊しちゃったんだ、前の大統領のポンピドーが。昔からパリ市民の胃袋を賄《まかな》って来た市場で、肉、魚、野菜、全部ここで一手に引き受けていたわけだよ。それを何もかも壊しちゃって、市場はパリ郊外に移したんだ。

だけど、そこでポンピドーが死んじゃった。ポンピドーの構想では、この跡地に、何といってもパリ随一といっていい絶好の場所だからね、大きなビルを建てて、博物館とか展覧会場とか、美術館、そういうものをここに集めようというつもりだったらしいんだな。

それが、今の大統領になって、だれだっけ……ジスカール・デスタンか、あれになってから話が変わって来て、公園にしてしまおうという案も出ているということだね。どうなるか、わからないけどね。

そんなことで工事は中断のかたちになっていて、起重機なんかも動いていなかった。取り壊したままでね。

それでも、以前の町の面影というのは、いくらか残っている。昔は、市場で働く人たちを相手に夜通し開いているカフェやレストランがいっぱいあって、しかも、安くてうまかったというんだがね。そんな店のいくつかは今でもあるわけだよ。〔ピエ・ド・コション〕というのは、そういうレアール名物の一つなんだ。「豚の足」という意味だってね、この店の名前。本当に豚の足のね、こんなに大きいのをかじっているんだよ、若い娘が。それが店の名物だっていうから食べてみたけどね、これはまずかった（笑）。骨と皮の間にある、ニチャニチャしたゼラチン質の、あれがうまいんだというんだけど、うまくなかったよ、おれは。

この近くにある〔B・O・F〕という酒場がいいんだ。江戸時代の下町にある居酒屋のような感じでね。この店のおやじ、七十二だっていってたな。セトル・ジャンというんだよ。スケッチ・ブックに、おやじのサインもらって来た。

ジョルジュ・シムノンがお気に入りのおやじで、シムノンが毎日のように来てたっていうんだ。それでシムノンが自分の著作の表紙に使ったというおやじですよ。メグレ警部シリーズのどれかにね。その本が大事そうに飾ってあったよ。

おかみさんは六十ぐらいの肥《ふと》った無口なばあさんでね、亭主《ていしゅ》と二人でやってるんだ。三回行きましたよ、すっかり気に入って。いや、四回行ったかな。風間完さんと会ったときも、ここへ連れて行ったから。

ここはペルノーがうまいんだ、独特のペルノーでこくがあるんだよ。まず、それを一杯飲んで、それからモーゴンの赤ワイン。モーゴンという村でとれる地酒だ。俗にモーゴン・ルージュという、あれだよ。

その新しいの、去年とれた酒なんだけどね、市販しない酒なんだよ。村の人が飲む酒なんだ。そういうのを特別にこのおやじは仕入れて来る。もう五十年もやってるといってた。その前に百五十年やってたところなんだ。だから、ナポレオン時代から続いている酒場なんだよ。自分が買って引き継いでからでも五十年たつというんだからね。

その、モーゴンのぶどう酒というのは、褐色《かっしょく》なんだ、赤じゃなくて。味なんてのも、今までの赤いぶどう酒の概念とは全然違うんだよね。おれも初めて飲んだ、あんなのは。

この店を見つけたのは吉田大朋《だいほう》なんだ。おれがリヨンへ行ってる間に、レアールのあたりを撮影していて、そのとき見つけたんだ。それで、これは池波さんも気に入ると思うからというんで連れて行ってくれた。本当にいい店を見つけてくれたよ、吉田さん。

ここの二階の便所なんかね、昔のままの便所ですよ。こう、板になっていてね、こういうふうに。煉瓦《れんが》を二つ置いてあってさ。それで穴がある……もう、凄《すご》いやつなんだよ（笑）。水を流すと足もとが洪水《こうずい》になるんだからね。

こういう便所は、今では、ほとんどなくなりつつある。それから便所のお金を取ることもね。だんだん減る傾向にあるって聞いたな。空港の便所なんか、変な婆《ばば》がいて、チップ取るんだろう。おかしいよ、あれは。だけど、イギリス人が払わなかった、見てたら（笑）。

こういう古い酒場になると、客がまたいいんですよ、常連が、みんな。静かに飲んでいてね。この店で飲んでいると、まるで自分もフランス映画の中にいるような気がするよ。

二度目に行ったときかな、パーティーの用意がしてあった。予約なんだね。夕方、若い女の子ばかり八、九人、それに若い男の人が一人のグループがここへ来てね、パーティーをやるんだよ。パーティーといったって、ぶどう酒とパンとチーズしかない。あと何もないんだよ。若い人たちがたのしそうに、しかも、まことに静かに語り合っている。ちょっと東京とはちがうね。

店の名前は〔B・O・F〕というんだ。これは“Bonne《ボン》 Oubliée《ウブリエ》 France《フランス》”から来ているというんだけどね。“Bonne”というのは「いい」でしょう。“Oubliée”というのは「忘れられた」で、だから「佳《よ》き、忘れられたる、フランス」ということになるわけだよ。おやじのセトル・ジャンがいうには、これは自分がつけた名前じゃなくて、その前からの名前を踏襲してるんだっていってたよ。

モンパルナスでは、〔ラ・クロセリ・ド・リラ〕というレストランへ一度、昼飯を食いに行った。これは昔、ヘミングウェイとか、ヘンリー・ミラー、ジイド、そういう有名人が集まる店として知られていたんだ。ちゃんと名前が、昔その人の坐《すわ》った席のところへ貼《は》りつけてあるんだよ、今でも。だけど、料理はそれほどのものじゃなかった。

やっぱり、雰囲気《ふんいき》がいいのは「クーポール」だね。パリへ着いた晩に、さっそく吉田大朋さんが案内してくれたカフェ・レストラン。

モンパルナス大通りにあるんだよ。もう七十年ぐらい前にできたものだそうだ。大きい店ですよ、ここは。デパートの一階ぐらいある。それで、天井が高くて、店内の造りはアール・ヌーヴォーだね、一種の。昔から画家や作家が愛した店で、常連だった画家たちが描《か》いた絵がまだいくらか残っている。とってもいい感じなんだ、夜遅くなって混雑している店内の雰囲気がね。親しみ深くて。

はじめ白服の給仕でいた若い男が、今もう中年の給仕監督《ジェラン》で黒いスーツを着てピシッとしている……それほど年季の入ったところだからね。その感じが何ともいえないんだよ、よくって。ベル・エポック時代のよさがそのまま今も残っている店だな。

昔から芸術家たちが来ている店ですからね、給仕監督が厳しく目を光らせていて、きちんとしているんだけど、何というのかね、くつろいだ親しみやすい雰囲気なんだよ、全体に。だから、いろんな人が来る。きんきらきんのご婦人も来れば、アラブ人も来れば、イギリス人も来れば、みんな来る……という具合なんだ。恋人同士もいるし、家族連れもいるし。そういうところがいいんだよ。

〔クーポール〕では何を食べたかな。生ハムだな。それに胡瓜《きゅうり》のサラダとフライドポテト。これは昼間食べ過ぎたので軽いものにしたんだ。二度目の晩だったな、生ハムは。

最初の晩は、舌平目のアメリカンソースを食べたんだ、確か。それから生のアスパラガス。とても柔かいんだよ。羊のローストも食べたような気がするけど、これは別のところだったかな。ちょっと忘れた。

観光客《ツーリスト》のためのお勧めメニューというのもある。これは日本人がみんな急《せ》かすからだ（笑）。〔クーポール〕なんて三時間、四時間いたって何もいわないところだからね。この店のことは、フランソワーズ・モレシャンが非常にいいところだって推薦してましたよ、帰って来てから何かで読んだら。

最後にね、帰る前の晩に、オペラ座の近くの〔ルイ十四世〕という、リヨン料理の有名な店でうまいからというんで、誘われて行ったんだ。

そこで、おれ、うっかりしてね。そのときにビーフ・シチュウ（ブフ・ブールギニヨン）にすればよかったんだよ。やっぱりそれが一番いいんだ、リヨンの場合は。赤ぶどう酒がいいから。だけど、このときもまた羊食べちゃったんだ（笑）。後で気がついたけど、どうにもならない。

ここは、壁でも何でも真っ白でね、正確にいえば白というより淡いクリーム色かな。これは、やはり、リヨンの雰囲気なんだね。バターなんか、どんぶりみたいなのにこんなに盛って来て、ナイフが無造作に刺してあったな。値段はそんなに高くないということだった。

だけど、やっぱり田舎がいいな。安くて、うまくて。だから、自動車が運転できりゃ、パリを根拠地にしてどんどん田舎へ行ったらいい、そう思うね、おれは。

パリ・レアールの変貌《へんぼう》

数日前に、映画監督の稲垣浩《ひろし》氏が七十四歳の生涯《しょうがい》を終えた。稲垣氏とは数年前に〔キネマ旬報〕の座談会で一緒になったが、稲垣氏が片岡千恵蔵《かたおかちえぞう》と共に生み出した新鮮そのものの時代劇の、一つ一つの思い出を私が語ると、

「よく、おぼえていてくれましたなあ」

さもうれしげに、うなずいてくれた。

稲垣氏は、映画の叙情詩人だった。

千恵蔵プロダクション第一回のオール・トーキー〔旅は青空〕を監督したのも稲垣氏だが、浪人者と旅の女芸人との淡いロマンスを道中の風物の中に描いた瑞々《みずみず》しい小品で、青空に浮かぶ雲や、雨の旅籠《はたご》の情景など、まだ小学生だった私の胸にしみ入ってきて、このとき、東京生まれの私は、はじめて〔旅〕というものの感覚を知ったのだった。

これから書く私の旅は、去年（昭和五十四年）の初秋に、フランスからスペインをまわって来たときのものだが、約二十日の旅行中、本格的な雨に祟《たた》られたのは、たっ

た一日にすぎなかった。

そこで、稲垣・千恵蔵コンビによる、なつかしい映画のタイトルを使わせてもらうことにしたのである。

私は何事にも物ぐさなほうで、子供のころから暇《ひま》さえあれば、ごろごろと寝ているのが何より好きで、亡《な》くなった母方の祖母から「物ぐさ太郎」だとか「牛の仔《こ》」だとかいわれていた。

それゆえ、言葉もわからぬ外国旅行などは、

「めっそうもない」

というわけで、機会があっても、われから避けていた。

ところが三年前に、H社のカラー・ブックスの一冊として、フランスの映画俳優ジャン・ギャバンをテーマに原稿を書くことになり、パリ、ニース、リヨンなどを見てまわることになった。

カメラマンで、当時はパリに在住していた吉田大朋氏のプジョーに乗り、H社のT君もついていたし、言葉は知らなくとも、四十年もフランス映画を観《み》つづけていた所為《せい》か、何処《どこ》へ行っても、はじめてのような気がしなかった。

仕事で行ったのだから、あまり、のんびりとはできなかったが、パリにも近いバル

ビゾンの田舎のホテル〔バ・ブレオー〕へ二泊したのが、たまらなくよかった。このホテルには天皇も昼食に立ち寄られたし、いまは有名な、いわゆる割烹《かっぽう》旅館になってしまったが、けばけばしいところは一つもない。ロビーへ入って行くと、信州の山の奥の旅籠へでも来たような香《こう》ばしい匂《にお》いがたちこめている。薪《たきぎ》の匂いがしみついているのだ。

部屋も小ぢんまりとしたものだが、バス・ルームだけは目をみはるような近代設備がほどこされている。

そのバス・ルームで疲れをながし、まだ夕飯には間があったので、裸でベッドへ入り、とろとろと眠った。シーツにも毛布のカバーにも微《かす》かに香料が振りかけてある。

しばらくしてT君に起され、庭に面した食堂で鴨《かも》のローストなどを食べ、夜の町（村といいたい）を歩いてからホテルの部屋へもどると、ベッドのシーツもカバーも、いつの間にか洗いたてのものに取り替えられているではないか。これには恐れ入った。

翌日。近くの美しいモレーの町（これまた村といいたい）へ遊びに行き、フォンテーヌブローの森を抜けて帰り、ホテルの中庭で生ハムとサラダで一杯やってから部屋へ入り、ゆっくりと入浴をたのしみ、ベッドで昼寝をすることにした。

裸で洗いたてのシーツの中に寝転んでいる快《こころよ》さは、たとえようもない。

開け放した窓から小鳥の声と、初夏《はつなつ》の庭に咲きみだれている花の香りが部屋へながれ込んでくる。

夢心地《ゆめごこち》というのは、こういう気持なのだが、何年にも味わったことがなかった。電話もかかってこないし、原稿を書くわけでもない。

うっとりとした一刻一刻が、半分は眠り、半分は目ざめているベッドの中の私の上を通りすぎて行く。それが得もいわれぬ充実感をともなってたしかめられる。

しみじみと、

(フランスの田舎は、いいいな)

そう、おもった。

都会から一歩はなれれば、もう田舎で、田舎は田舎の暮しをくずそうとはしない。

帰国してからも、このバルビゾンの二日間が忘れられず、一年置いた去年の秋に、今度はフランスの田舎をまわるつもりで成田を飛び立った。

同行は若い友人の佐藤君だが、当人は「私は蒙古《もうこ》系です」というので、山口瞳《ひとみ》氏の随筆にならい、彼を「モウコ」と、よぶことにしよう。

そして、吉田大朋さんの助手をしていたパリ在住のカメラマンで、私たちをブジョーに乗せて運転をつとめてくれた小田君は「私は、どうも白系ロシアに似ている」というので、彼を「ロシア」と、よぶことにしたい。では、私は何かというと、行く先々のホテルの人たちに「ホンコンからおいでになりましたか?」と尋《き》かれたこともあったから、さしずめ「ホンコン」ということになるだろう。

九月十五日の昼前に、私とモウコはドゴール空港へ着いた。ロシアが古ぼけた紺色のプジョーを運転して、迎えに出てくれ、すぐさま、パリへ向った。

この前は、シャンゼリゼに近い〔メイフラワー〕というホテルで、ここも小ぢんまりとして感じがよかったが、今度は、モンパルナスにもサンジェルマンにも近いカセット街の〔オテル・ド・ラベ〕に泊ることにした。このホテルを、私は何かの雑誌で知り、

(ここはよさそうだ)

と、直感したのだったが、果してよかった。

このホテルは、むかしギヨン夫人が住んだ永久礼拝の修道院の跡だそうな。

もちろん、建物の内部は改装されているけれども、門を入って玄関へ至る石畳の前庭や、サロンの向うの中庭などに、その面影《おもかげ》がただよっているような気がした。近くのマダム街には、カミュの仕事部屋もあったそうな。

ここも小ぢんまりとしたホテルで、フロントが、まことに親切だった。

モウコとロシアが部屋をきめている間に、私はスペイン風の中庭へ出てみた。小さな庭の三方がアパルトマンに囲《かこ》まれてい、谷底のようでおもしろい。アパルトマンの窓の一つから顔を出していた美しい白髪の老女が、私を見て、手を振った。

私も手を振る。

翌朝、食事の後で中庭へ出たとき、また、この老女が顔を出していて、

「オウ……」

というように口を開け、にっこりして、また手を振ってくれた。

部屋も小さかったが、浴室は、たっぷりとスペースをとってあり、清潔をきわめている。先《ま》ず、これで安心をした。

このホテルには、あまり女の使用人の姿が見えない。髭《ひげ》あとの青々《あおあお》とした、がっしりとした体格の三十男が三人ほどで、掃除も朝食の仕度もテキパキとやってのける。

シャワーを浴びると、

「ともかくも、B・O・Fへ行こうよ」

と、私はロシアにいった。

〔B・O・F〕は、旧中央市場《レアール》の跡の一隅《いちぐう》にある居酒屋で、そこの老亭主、セトル・ジャンと私は仲よしになっていたからだ。

私は、先年、パリへ来たとき、この居酒屋が気に入って何度も通《かよ》った。

むかしの東京の下町というよりも、時代小説を書いている私には、江戸の町の居酒屋にでも居るようなおもいがしたのである。

セトル・ジャンは七十四歳になるはずだ。

大柄《おおがら》の老人で、古女房のポーレットも六十をこえているだろう。

吉田大朋は、ポーレットのことを、

「きっと、其者《それしゃ》あがりですな」

と、いったものだ。

セトル・ジャンに、

「あんたの奥さんは、ヴィヴィアンヌ・ロマンスにそっくりだ」

と、いったら、ジャンは顔をしかめて、

「わしは、映画なんて下らないものは観《み》たことがない」

と、こたえた。

ヴィヴィアンヌ・ロマンスは、若い日のジャン・ギャバンの相手役をつとめたこともある豊艶《ほうえん》のフランス女優だ。まだ、パリのどこかに生きているはずである。

レアールへ出て、

「爺《じい》さん、元気かな」

いいながら〔B・O・F〕の前へ来ると、店は閉まっている。

「どうしたのだろう?」

ガラス戸ごしに中をのぞくと、何やらテーブルも椅子《いす》も埃《ほこり》をかぶっているようだし、見おぼえのあるジャン爺さんの茶色の前掛けが椅子の上に放《ほう》り出してあった。

「やめたのかな?」

「尋《き》いてみましょう」

ロシアが、建物の中へ入って行った。

酒場の上は、アパルトマンになっている。

やがて、ロシアがもどって来て、

「店はアメリカ人に売ってしまったんだそうです。ジャンが住んでるところは別らしいけど、わからないそうです」

と、いった。

「そうか……」

私は、がっかりした。

そして、二年前とは別の町すじを見るように変ったレアールを見わたし、

（なるほど……）

と、おもった。

レアールは、すっかり変ってしまった。

中央市場を取りはらった跡は、板囲いをして何やら工事をすめているようだったが、何ができるのか、さっぱりわからなかった。それはそうだろう。工事は下へ下へと進行していたのだ。

つまり、地上ゼロ階、地下四階の〔フォーラム・デ・アール〕という建物が地下に完成したのである。

さまざまなショッピング・センターやカフェ・レストラン、映画館、ブティックなどがつめこまれた地下街なのだ。

このパリの新名所ができあがったので、人びとが見物にやって来る。そのあふれるような人の波が広場から周辺の町すじへ押し寄せ、そうなると当然、そうした人びと

を相手にする店も増えるわけで、

「がらりと、雰囲気《ふんいき》が変ってしまいました」

と、ロシアがいった。

居酒屋〔B・O・F〕が、アメリカ人の手にわたったのも、その一例なのかも知れない。

日本でも、京都・大阪をはじめ、東京は申すにおよばず、むかしからの常連の客を相手に、むかしのままの商売をつづけることができなくなり、古いものが打ちこわされ、新しいものができるたびに、住む人も変り、景観も変る。

パリでは、東京のような目まぐるしい変化がないにせよ、変化の速度は早まりつつある。

二年前にくらべると物価も上った。

私は、セトル・ジャン夫婦に会うことをあきらめ、むかしから〔うまいもの屋〕として知られているレストラン〔ピエ・ド・コション〕で遅い昼飯をすませた。

私は帆立貝のコキール。モウコとロシアは仔牛《こうし》のエスカロップ（薄切りの肉）。酒はロゼ。

この店は豚《ピエ・ド・コション》の足が名物で、モウコは、しきりに食べたがったが、

「食べるのはいいけれど、われわれには向かないぜ」

と、私はいった。

しかし、帰国する前に、モウコはロシアと出かけて行き、待望の豚の足を食べたという。

「どうだった?」

と、尋いたら、

「やっぱり、いけませんでした」

苦笑を洩《も》らした。

外国の旅へ出ると、私は腹八分目というより、七分目か六分目にしてしまう。病気になることを防いでいるわけだが、

「どうか、したんですか?」

と、モウコが心配するほどに食べない。

「ぼくにはかまわず、どんどん、やんなさい」

と、私はこたえた。

さて、この日は、サン・マルタン運河のまわりを散歩したり、マレー地区へ出て、ヴォージュ広場のベンチで、ぼんやりと時をすごしたり、ノートルダムのミサを見た

りした。

夜は、モンパルナスのレストラン〔ラ・クーポール〕へ行き、貝や仔羊の焙《あぶ》り肉などで食事をした。

この有名なカフェ・レストランではたらく給仕や給仕監督の顔が、一年前とほとんど変っていない。

「明日は、どこへ行くんですか？」

「バルザックの旧居を見たいんだ。それから、君のためにブローニュの森へ行って、池のほとりのレストランで一杯やろうか」

「モンマルトルの丘へも行きたいです」

「ああ、行こう」

翌日。

その計画に従って見てまわり、それからリュクサンブール公園やら、モスク〔回教寺院〕から古代ローマの円形劇場跡へ出かけた。

大人たちが、その中でペタンク遊びをやっている。

重そうな鉄の球を投げるゲームだが、パリの男たちは、この遊びが、はんとうに好きらしい。白髪《しらが》頭の爺さんまでが裸になり、夢中で鉄球を放り投げている。

こうしてパリに二泊してから、不要の荷物を〔オテル・ド・ラベ〕へあずけ、私たちは、ロシアの運転するプジョーに乗って、先ず南フランスを目ざしたのだった。

連日、快晴の旅がつづいた。

短編小説　ドンレミイの雨

1

ドンレミイの村の茶店《カフェ》に私と老妻を残し、若い友人の伊藤と吉沢はナンシーの街へ引き返して行った。

私たちが、ナンシーのスタニスラス広場に近い菓子屋へ立ち寄り、ナンシー名物の〔ベルガモット〕と称する飴《あめ》を買ったとき、伊藤は、メモ帖《ちょう》と小さなカメラが入ったバッグを置き忘れてきたらしい。

「たしかに、あの店です。親切な小母《おば》さんでしたから取っておいてくれているでしょう」

と、伊藤はいった。

ドンレミイには、かのジャンヌ・ダルクの生家がある。

ナンシーから此処《ここ》へ来て、ジャンヌの生家を見物し終え、車に乗ろうとしたとき、伊藤は助手席にあるとばかりおもっていたバッグがないのに気づいたのだった。

「すみませんが、このカフェで待っていて下さいませんか」

「いいとも」

ドライバー(兼)カメラマンの吉沢が、

「飛ばして行けば一時間ちょっとで、もどれるとおもいます」

「飛ばしちゃあいけない。ゆっくりと行っておいで」

二人がレンタ・カーのボルボへ飛び乗り、ナンシーの方へ走り去るのを見送ってから、私たちは村の教会の筋向いの茶店へ入った。

初夏の日ざしは明るかったが、茶店の窓からながれ込む微風は冷気をふくんでいる。

ビールを一口のんで、私がおもい出し笑いをしたものだから、妻が、

「いやですねえ」

「いや、夢だ。昨夜見た夢のことを、ね……」

「あなたの夢なんか、めずらしくもない」

「いや、ハニーのやつが夢に出て来たんだ」

った。

三日ほど前の、ベルギーのホテルで、カメラマンの吉沢が、私たちを前に惚気《のろけ》をいった。

「あら、まあ……」

三十五歳にもなる吉沢は、細君のことを「ベイビイ」とよび、細君は吉沢のことを「ハニー」とよぶ、のだそうな。

「勝手にしやがれ」

と、ルポ・ライターの伊藤が叫び、

「それじゃ、お前は色が黒いから、黒蜜《ブラック・ハニー》だ」

そういったものだから、以来、吉沢はブラック・ハニーの異名を用いてよばれることになったのだ。

「夢の中で、ハニー吉沢がだね、人質《ひとじち》を取って銀行にたてこもるんだよ」

「銀行強盗ですか？」

「そうなんだ。それで、警察がね、いろいろと手段を考える。そしてね、ハニーが好きなカレーライスの中へ下剤を入れちまおうというわけさ」

「おもしろいわね」

「この計略をおもいついたのが銀行の食堂でカレーライスをつくっているおばあさん

なんだが、そのおばあさんをだれだとおもう？」

「うちのお母さんですか？」

「いや、むかし、おれが株屋の小僧をしていたとき、その店で、おれたちの食事の世話をしてくれていたおばあさんが出て来た。すっかり忘れていた人が夢の中へ突然にあらわれる。だから夢ってものは、おもしろくてたまらない」

「それで、どうなったんです？」

「ハニーかい。むろん、カレーライスにかぶりついたよ。拳銃《けんじゅう》を片手に三皿《みさら》も食った。だから、たまったものじゃあない。ハニーはもう凄《すご》い下痢だよ。人質を監視するどころのさわぎじゃあない。拳銃をつかんだまま便所へ飛び込む。出て来ると、また、たちまちに腹を押えて便所へ走り込むというわけさ」

「捕まったのね？」

「でも、そこまで行かないうちに目がさめてしまった」

いつの間にか、雲がドンレミイの村の上空を覆《おお》い、雷が鳴りはじめた。

ポットにたっぷりと入った紅茶をのみながら、妻はナンシーで買った飴の赤い缶《かん》の蓋《ふた》を開け、四角な薄い飴を取り出し、口へ入れて、

「むかしの鼈甲飴《べっこうあめ》みたいだわ。色も味も……」

「どれ……」

私も一つ摘《つま》んで口に入れた。

そのとき、雨が叩《たた》いてきた。

雷鳴が頭上に起った。

「大丈夫でしょうか、ナンシーへ行った二人」

「なあに、通り雨だ」

茶店《カフェ》の前の道が驟雨《しゅうう》の白い幕に覆われたとき、古ぼけて傷《いた》んだシトローエン2CVが茶店の前へ走り込んで来て停《と》まった。

シトローエンの中から、背の高い男が茶店へ入って来て、入口に近い椅子《いす》にかけた。

彼は、奥のテーブルにいる私たちには目もくれなかった。

茶店のおかみさんが出て来て、注文を聞いた。

彼は、私の耳へとどかぬほどの低い声で注文をした。

茶店の中は、夕闇《ゆうやみ》が飛び込んで来たように薄暗くなっていたが、彼の横顔は、はっきりと見えた。

(ネストル君だ……)

私は、おもわず腰を浮かしかけたが、彼に近寄ることがためらわれた。

「どうしたんです?」

妻が私の様子を見て、怪訝《けげん》そうに声をかけてよこした。

驟雨というよりも、豪雨になってきた。

おかみさんが運んで来たビールに手をかけようともせず、男は両眼を閉じ、うなだれている。

その姿には、だれをも寄せつけまいとする孤独と悲嘆が滲《にじ》み出ていた。

彼の打ちひしがれた様子を、茶店のおかみさんも不審そうに見まもっているほどだった。

「どうしたんです?」

また尋ねる妻の声も、半分は凄《すさ》まじい雨音に消された。

(間ちがいはない。ネストル・アリアーニ君だ)

三年前、パリへ来たとき、私のカメラで撮ったネストル君の横顔そのものだ。

その写真は、ナンシーへ引き返して行った二人が乗っている車の中の、私の鞄《かばん》に入っている。

今度の旅行で、先《ま》ずパリへ泊ったとき、ネストル君へわたそうとおもっていたのだ。

だが、パリにネストル君はいなかった。

そしていま、パリから三百何十キロもはなれたロレーヌ地方の小さな村で、突然、ネストル君を見たことになる。

2

パリの旧中央市場跡《レ・アール》の片隅《かたすみ》に〔B・O・F〕という酒場があった。何でも〔ボン・ウブリエ・フランス〕という店名の略称なのだそうな。この酒場へ、私がはじめて出かけたのは五年前の初夏で、

「あなたが好きそうな酒場ですよ」

私を連れて行ってくれたのは、当時、パリ在住だった写真家のYさんである。たちまちに、私は気に入った。

七十をこえた老亭主《ていしゅ》の名をセトル・ジャンといい、堂々たる体軀《たいく》のもちぬしで、古女房のポーレットと二人きりで小さな店を切りまわしていたものだ。

Yさんが、私のことを、

「この人は、日本のシムノンだ」

などと、大仰《おおぎょう》に紹介したら、セトル・ジャンは、それまでのむっつりとした老顔を

急にほころばせて、立飲台《コントアール》の下から一冊の本を出して私の前に置いた。

それは〔メグレ警部〕のシリーズで有名な作家ジョルジュ・シムノンの本で、表紙には何とセトル・ジャンの顔をつかってあるではないか。

Yさんが意味ありげに、私へ眴《めくばせ》を送ってよこした。

「旦那《ムッシュウ》（シムノン）は、いま、スイスにいますよ」

と、ジャン老人はなつかしげに目を細めた。

むかし、パリにいたころのジョルジュ・シムノンは、この酒場の常連だったそうで、なればこそ、ジャンの写真を〔メグレ〕シリーズの一冊の表紙につかった。

こういうことを知っていたYさんが、わざと私を「日本のシムノンだ」などと引き合わせ、無愛想なセトル・ジャンから微笑をさそい出したのだろう。

ともかくも気に入って、パリ滞在中に、私は何度も〔B・O・F〕へ通った。

五年前のフランス旅行は、フランス映画についての本を書くためだったが、Yさんの写真がたくさん入る。

私はYさんが撮った〔B・O・F〕とジャン老人の写真を、本の中へ入れることを忘れなかった。

それというのも、〔B・O・F〕がむかしの、よき時代のフランス映画にあらわれる酒場そのものの雰囲気《ふんいき》を濃厚にとどめていたからだ。

「この酒場は、もう百五十年も前から、この場所にあって、わしがやるようになってからでも五十年になりますよ」

と、ジャンは胸を張っていた。

本ができて、それをYさんがとどけると、セトル・ジャンは眼《め》を輝やかせて、女房のポーレットに、自分の顔が表紙になった一冊と、私のとどけた一冊を、

「わしが死んだら、棺の中へ入れてくれ」

と、いったそうな。

その後、ぶらりと〔B・O・F〕へ入った日本人へ、ジャン老人が、

「ジャポネか?」

「そうだ」

「これを見ておくれ」

満面を笑みくずして、私が送った本を出し、自分の店と自分の顔のカラー写真を見せたという。

その人が帰国し、私に手紙をくれたのでわかった。

その後も私は〔B・O・F〕とセトル・ジャンのことが忘れられなかった。

レアールは、以前のパリの巨大な胃袋を一手にまかなっていた大市場で、魚、肉、野菜、果実などの取り引きが八棟《むね》の建物の中でおこなわれていた。魚河岸《うおがし》と青果市場と肉の市場が一つとなってかもし出す雰囲気が独特のもので、それは、たとえば故ジュリアン・デュヴィヴィエ監督がつくった映画〔殺意の瞬間〕を観《み》ても容易に想像ができる。この映画では、亡《な》きジャン・ギャバンがレアール近くの〔旨《うま》いもの屋〕の主人を演じた。

若いころのセトル・ジャンは、市場の人たちの〔ちからくらべ〕でも屈指のちからもちだったらしい。

そのジャンが老いて、ペルノーの中毒にかかり、ふるえる手で、あくまでも慎重に、自慢のモーゴンの地酒をしずかにしずかにグラスへ注《つ》いでくれるときの真剣な表情が、時折、私の脳裡《のうり》に浮かんだ。

ジャンの店の地酒は樽《たる》で仕込まれ、それを古い壜《びん》へジャン自身が詰める。銘柄《めいがら》も何もない、ほんとうの地酒だ。

ゆえに、しずかに注がぬと酒の中の澱《おり》がグラスへまじり込んでしまうのだろう。

青い大理石の立飲台《コントアール》のほかにテーブルが二つきりの、古びた小さな店なのだが、若い男女の学生たちがあつまって、ワインとパンとチーズだけのつつましいパーティをひらいているのを見たことがある。

他《ほか》の客の迷惑にならぬようにと、しずかに、つつましげに、そしていかにもたのしげに語り合っている若者たちの姿が、私には、たまらなくよかった。

中央市場がパリ近郊へ移転してしまった後のレアールは広大な空地となってしまった。

それでも〔B・O・F〕の常連や、こうした酒場を好む若者たちで、客足は絶えなかった。

五年前のそのころ、すでにネストル君も〔B・O・F〕の常連になっていたかも知れない。

私が〔B・O・F〕とセトル・ジャンに心をひかれたように、ネストル君も、この店と老亭主を愛していたにちがいない。いや、それだけは間ちがいがない。

ジャン老人の女房のポーレットは、むかしのフランス映画によく出ていたヴィヴィアンヌ・ロマンスという濃艶《のうえん》な女優が老いた感じで、Yさんが、そのことをセトル・ジャンにいったら、

「わしは、映画なんて下らないものを観たことがないよ」

即座に返事が返ってきた。

傍《そば》で聞いていたポーレットは、にこりともしない。それがまたよかった。

パリを去るとき、私が縮緬《ちりめん》でつくられた携帯用の裁縫セットをポーレットにあげたら、いきなり抱きついてきて私の頰《ほお》にキスをした。

そこで私も、お返しにポーレットの両頰へキスをしたのだが、六十をこえたおばあさんとはおもえぬほどに、やわらかい肌《はだ》だった。

いや、六十ではない。のちになってわかったことだが、ポーレットは年上の女房だったそうな。してみると、やはり七十を少し出ていたわけだ。

髪も黒く、でっぷりと肥《ふと》ったポーレットの立居ふるまいは、まことに物しずかで、常連の人びとへかける声も、せまい店内なのに、ほとんどきこえぬほどだった。

私たちがパリを去ってマルセイユへ向う夜、パリのリヨン駅へ行く前に〔B・O・F〕へ立ち寄ったら、セトル・ジャンが、

「ムッシュウは、わざわざマルセイユなんかへ行くことはないよ。あそこはいま、麻薬をやってる連中がうようよしているっていうから物騒だ」

少し蒼《あお》い顔をして、私にそういった。

ひろく張った額の下に埋め込まれたようなジャン老人の木の実のような眼は、笑っていなかった。

3

その翌年に、私がフランス旅行を計画したのは、フランスの田舎をゆっくりとまわって来たいとおもったからだが、同時に〈B・O・F〉を訪ね、セトル・ジャン夫婦の顔が見たかったたからだ。

ジャンの酒場でペルノーをのんでいると、まるで、江戸時代の深川か浅草の居酒屋にでもいるような気がしてくる。私が〈B・O・F〉にこころをひかれたのは、時代小説を書いている所為《せい》かも知れなかった。

私が伊藤とドライバーの太田の二人を連れ、パリへ着いてみると、旧中央市場跡の空地には妙なものができていた。

「このあたりも、これから先、どうなってしまうんだか……」

と、ジャン老人が一年前に、暗い目つきになり、さも忌《いま》いましげにつぶやいていた言葉をYさんから聞かされたことが、おもい起された。

一年前にもレアールの空地に板囲いをして、何やら工事をすすめているようだったが、いったい何ができるのか少しもわからない。つまり工事は下へ下へと進行していたのである。

　そして、地上ゼロ階、地下四階の〔フォーラム・デ・アール〕という建物が地下に完成したのだった。

　この地下街にはカフェ・レストランや映画館、ショッピング・センターやブティックなどが、びっしりと埋め込まれているというが、見る気も起らなかった。

　パリの新名所だというので、人びとが……ことに若い男女たちが毎日押しかけて来て、レアール一帯は一年前のしずけさが嘘《うそ》のように人の群れがあふれていた。

　そうした若い人たちを相手にする新しい店も増えつつあった。

「まるで様子が変ってしまった。さ、ともかくもB・O・Fへ君たちを案内しよう」

と、私は先に立った。

　出版されたばかりの私の随筆集の中には、私が描《か》いたセトル・ジャンの肖像画や写真がおさめられている。その本を抱えて、

「爺《じい》さん、元気かな」

〔B・O・F〕の前へ来ると、店は閉まっていた。

　ガラス戸ごしに見ると、立飲台《コントアール》もテーブルも椅子も埃《ほこ》りをかぶっていて、見おぼえのあるジャンの前掛けがテーブルの上へ放《ほう》り出してあった。

「やめたのですかね？」

「いや、そのようにも思えない。爺さんが病気にでもなって、店をやすんでいるような感じだな」

伊藤と太田は、その古い建物の中のアパルトマンへ入り、いろいろと尋ねてくれたが、やがて、もどって来て、

「店は、だれかに売ってしまったらしいです」

「そうか……」

私は、がっかりしてしまった。

「セトル・ジャンさんが住んでいるところは別らしいけど、わからないそうです」

「ふうむ……ま、仕方がないな」

翌日、私たちは南フランスからスペインへ旅立った。

(もう、これきり、フランスへ行くこともあるまい)

そうおもっていたのだが、翌年、またも、フランスへ行けることになった。

その年、新しく出た絵と写真入りの随筆集の中にセトル・ジャンの写真ものせたので、

「いるか、いないかわからないけれど、ともかくもパリへ行ったらB・O・Fを訪ね

てみよう」

私は、伊藤にいった。

前回の太田のかわりに吉沢がレンタ・カーの運転とカメラを引き受けることになった。

それが、三年前の初秋のことになる。

パリへ着いた、その日、私をパッシーのホテルに残し、先《ま》ず、伊藤と吉沢が私の本を持って〔B・O・F〕の様子を見に行った。

しばらくして帰って来た伊藤が、

「B・O・Fは、店を開けていましたよ」

「ほんとうか。お爺《とっ》つぁんはいたのか?」

「いませんでしたが、時どき、来るそうです」

やはり、セトル・ジャンは店を売ってしまったのだ。

ジャンの店を、アメリカ人と共同で買ったのがネストル君だったのである。

ネストル君は、私のことを、

「ジャンさんから、よく聞いています。今日は来ませんけれど、一日置きぐらいに、十一時ごろから午後の一時ごろまで、店にいます。古い常連の人たちが、まだ来てくれますのでね」

と、伊藤にいったそうな。

伊藤が私の本を「ジャンさんにあげて下さい」と出すや、ネストル君は、

「ちょっと待って下さい。大事な本を汚してはいけませんから」

すぐに立飲台《コントアール》をふき清め、自分の手を洗ってから本を受け取り、

「たしかに、ジャンさんへわたしますと、ムッシュウへおつたえ下さい」

と、いった。

二十七歳のネストル君の、この言動に、私は感動をした。私の本を、このように大切にあつかってくれたこともだが、

(こういう青年だからこそ、セトル・ジャンも店をゆずったのだろう)

そうおもった。

「ぼくは、ジャンさんの店が好きでした。だから、ゆずり受ける決心をしたんです。できるだけ、ジャンさんがやっていたように経営をしてゆくつもりです」

と、ネストル君は熱をこめて、伊藤に語ったという。

伊藤は、フランスの田舎をまわってからパリへもどるので、そのときには、かならず来ることをネストル君につたえた。

私は、ジャン老人との再会をたのしみに、ロワールへの旅へ出た。

一週間後にパリへもどり、レアールへ行くと、セトル・ジャンは〔B・O・F〕に待ちかまえていた。

私と抱き合ったとき、ジャンは以前より肥ったように感じられた。血色が以前とは見ちがえるほどによくなり、顔つきも円満になった。

「店を、ネストルにゆずったのも、一つには女房のポーレットが階段から落ちて腰を痛め、それがもとでベッドから起きあがれなくなってしまったからですよ」

「そりゃあ、いけない」

「つきっきりで看病をしなくてはならないものでね。私たち夫婦には子供もいないし……でも、ほんとうによく来てくれた。先日はムッシュウの、すばらしい本をありがとうござんした。ええ、こうして昼ごろに、ちょいと店へ顔を出すのは、古い客が私の顔を見たがるものだからねえ」

「そうでしょうとも。どうだろう、いっしょに食事でも……」

「いや、せっかくですが、もうそろそろ帰ってやらないと、女房がね……もう、ベッドからうごけなくなってしまってね」

「ふうむ……」

「このモーゴンを、きれいに空けて行っておくんなさい」

こういって、セトル・ジャンは自慢の地酒の栓《せん》をぬき、慎重に、しずかにしずかにグラスへ注いだ。

その真剣な眼《まな》ざしは以前と少しも変らなかったが、ジャン老人の手も指も、ふるえていなかった。

古女房のポーレットの看病のために、おそらくジャンは大好きなペルノーをぴたりと絶ったにちがいない。

みんなで乾杯をしたとき、ジャンはグラスへ、ちょいと口をつけただけだった。そして、以前には口からはなしたことがないタバコも手にしなかった。

セトル・ジャンはグラスをあげ、

「ア・ヴォトル・サンテ！」

健康を祈って、と、大声にいってくれた。

私がポーレットへのみやげをわたし、ポーレットの好物をとどけたいが何が好きかと尋ねるや、ジャンはすかさず、指で自分の顔を指し、にっこりと笑って見せた。

伊藤の通訳で、ジャンと私が語り合うのを、ネストル君はさもうれしげにながめている。

そこへ、老紳士が入って来た。

「常連のミシェルさんですよ」

ジャンが私に紹介し、ミシェル氏と私は握手をした。

4

今年の初夏に、また、私はフランスからベルギーの旅へ出た。

新しく出た旅行記には、セトル・ジャンやネストル君の写真がおさめてある。本のほかにはポーレットへのみやげを持参し、三年ぶりに私はパリのレアールへ来た。

新名所の地下街は、さらにひろがり、将来は此処《ここ》が地下鉄の綜合駅《そうごう》になるとかで、周辺の町すじの様相は、さらに変った。けばけばしい若者むきの店が増え、若者の群れがあふれ、街娼《がいしょう》たちが日中から多勢歩きまわっている。

「ともかくも、ネストル君に会って、お爺《とっ》つぁんに連絡してもらおう」

私たちは広場を突っ切って〔B・O・F〕の前へ出て来て、

「あっ……」

伊藤も吉沢も私も、一様に低く叫んだ。

〔B・O・F〕は、あまりにも見事に変貌《へんぼう》していた。

アメリカ風の、ハンバーガー屋になっていたのである。

〔B・O・F〕のほかに三つの家を一緒にして裏通りまで突きぬけたハンバーガー屋の赤い看板と、各種ハンバーガーの写真をならべた店頭に立ちつくして、私たちは茫《ぼう》然《ぜん》となった。

伊藤が中へ入り、店の若者と何か語り合ったが、もどって来て、

「ジャンさんやネストル君のことなんか、何も知らないそうです。自分たちは雇われているだけだといっていますよ」

「仕方がない」

「たった三年で変るもんですなあ」

「日本なら三カ月で変るが、パリも変る速度が早くなった。時代が大きく変ってきているのだろう。時代が変れば街の姿も、そうした街へあつまる人の心も変るのさ」

「こうなるのだったら、ジャンさんやネストル君のアパルトマンの住所を尋《き》いておくんでした。うっかりしてました」

「いや、伊藤君。それは、ぼくも考えていたけれど、また会えるとおもっていたし、

それに、あの人たちの私生活をのぞくのも、はばかられたしね」

「仕方がない。あきらめよう。セトル・ジャンもネストル君も、こんなに変ってしまった、このあたりで商売をするには似合わない人たちだったのだろうよ」

「はあ……」

さびしかったが、ジャン夫婦とネストル君に対しての、私の胸の内に存在するあるものは、むしろ、一種の余韻を残したともいえる。

翌日、私たちはパリを発《た》ち、北フランスからベルギーへの旅に出た。

ベルギーをまわり、ふたたびフランスへもどり、フェール・アン・タルドノワという田舎の、古い城址《じょうし》と共に在るホテルへ泊った翌日、ランス市を見物。その夜はモーゼル川に沿った崖上《がけうえ》の料理旅館〔オテル・ド・ヴァンヌ〕へ泊った。

翌日はナンシー市の見物を終え、ジャンヌ・ダルクの生家を見にドンレミイへ立ち寄った私たちなのである。

もし、私が伊藤のようにフランス語をはなせたら、沈痛そのもののネストル君へ近寄り、三年前に会ったときのことや、セトル・ジャン夫婦のことを尋ねたろう。

いや、フランス語がはなせても、近寄らなかったかも知れない。

私は、何も彼《か》も一種の感覚として、わかったような、おもいがしていた。さほどに、ドンレミイの茶店《カフェ》へ入って来たネストル君の様子は異常だった。あまりの豪雨に、車の運転がむずかしくなり、雨やどりに、この茶店へ入って来たのだろうか……。

注文したビールに手をかけようともせず、したがって、空《から》のグラスをテーブルに置いたまま、彼は眼を閉じている。

「どうしたんです？」

妻が、また私の耳へささやいた。

私は頸《くび》を振り、目顔で「黙っていろ」と、いった。

雷鳴が遠くなり、雲間から日ざしが洩《も》れてきて、雨勢がおとろえた。

私は、ネストル君の閉じている眼の中から、光るものが一すじ、頰を伝うのをたしかに見た。

ネストル君は一度も、こちらを見なかった。

雨が熄《や》んだ。

ネストル君がビール代の硬貨を置き、こちらを見向きもせず、外へ出て行った。

シトローエンが、茶店の前の道をナンシーの方へ走り去った。

それから約一時間後に、ボルボに乗った伊藤と吉沢がもどって来た。

「凄《すご》い雷雨が来て、少し遅れました」

「バッグは？」

「やはり、菓子屋にありましたよ」

私たちを乗せたボルボは、雨あがりの空の下を、今夜の泊りのジョワニイへ向っている。

「伊藤君。もどって来る途中で、古ぼけたシトローエンを見なかったかね？」

「見ませんでした。シトローエンが、どうかしたんですか？」

「吉沢君は、どうだ？」

「さあ、わかりませんでした」

「いったい、どうしたんです？」

「………」

どこまでもつづく、麦畑と牧場を車窓にながめたまま、黙り込んでしまっている私のことを、

「ぼくたちがナンシーへもどった後で、奥さんとケンカでもしたのかとおもいましたよ」

後になって、伊藤と吉沢がいった。

空は、すっかり晴れあがった。

フランスでの運転が、めっきりとうまくなったハニーがこういった。

「ああ……ベイビイのつくったカレーライスが食いたいなあ」

絶筆小説　居酒屋B・O・F

はじめてのフランス㈠

牧野が、川田民男をともない、新宿の外れにあるDホールを見に行ったのは、その年も押しつまってからだった。

Dホールは、客席が八百そこそこの小ホールだし、むろんのことに、かつては大劇場（商業演劇）の作者だった牧野の芝居を上演したことがない。

（このホールで、おれの芝居ができるだろうか？）

牧野は、危《あや》ぶんだ。Dホールにはくわしい川田について来てもらったのも、その不安があったからだ。

折しもDホールで上演されていた芝居は、けたたましい現代音楽をあしらった新劇だったが、牧野にはさっぱりわからなかった。しかし、若い客は、よく笑い、よく反応している。客席は満員だった。

「ぼくには、この芝居、よくわからないけど、だが、このホール、照明《あかり》はいいね」

牧野がささやくと、川田は、

「音《お》響効果《と》もいいですよ。それにホリゾントがいいので、星空なんか、深い味が出ます」

「ほう。そうか……」

その深い空の色を背景に、大きな銀杏《いちょう》の樹《き》を立て、その前で、萩原千恵子が一人芝居を演じる。

「むずかしいなあ」

おもわず、牧野はつぶやいた。肝心《かんじん》の脚本は、まだ三分ノ一しかすすんでいない。書いていて、牧野には、全く自信がもてなかった。

もう三十年も仕事をしていない作者と、引退してからはテレビにも出ていない、八十に近い老女優が、このDホールで、果して仕事ができるだろうか。

芝居を観終《みお》えてから、牧野は支配人と会い、挨拶《あいさつ》をした。この支配人は、川田が自分の劇団「ヘラクレス」をひきいて活動していたころから変っていない。当時、川田と結婚していた牧野の娘・杉代も何度か、このホールへ出演している。

牧野は、暗い客席の中で身じろぎもせずに、何やら考え込んでいた。

「おとう……」

川田がいいかけ、顔を寄せて来た。これは「お父さん」と、いいかけたのだ。牧野は以前、川田にとって義父だったのだから、つい、口に出てしまう。

「何だね？」

「こんな舞台を、ごらんになっていて、お疲れになったのではないですか？」

「君も、むかしは、よく、こんな芝居をやっていたね。だが、あのころの君の芝居は、わからないながらも、何となく、わかったような気がする」

川田が、苦笑を洩《も》らした。

「ともかくも、このホールを見ておいてよかった」

「何か、アイデアが？」

「浮かんだというほどではないがね」

「脚本《ほん》は、いつごろになるのでしょうか？」

「心配するな。ぼくは、脚本を遅《おく》らせたことがない男だ。萩原さんは何かいっていたかね？」

「いえ、何も。落ちついていて、少しも急《せ》いてはいません」

ホールを出てから、牧野は、近くのホテルのコーヒー・パーラーへ川田をさそった。

「今度は、まあ、萩原さんが自分で金を出して、好きなようにするのだから、客の入りには心配することはない。しかし……」

「しかし？」

「何しろ、世の中から忘れられた作者と女優が三十年ぶりにやる芝居なんだから、客は来ないに決まっているけれど、作者と女優だけは、演《や》ってみて、納得《なっとく》のできるようにしたいんだ」

「わかりました」

帰宅してから、牧野は、いままで書きためておいた三分ノ一ほどの原稿を全部、破いて捨ててしまった。

(全部、はじめから出直しだ)

牧野は、自分の生母・たかと、曾《そう》祖母の千代を書くことを、Dホールでおもいついたのだ。生母のたかについては、取りたてて書くこともない。娘の杉代そのもののような女だった。

曾祖母の千代は何しろ、二千五百石の大身・旗本、牧野兵庫尚之《まきのひょうごなおゆき》の後妻になったひとだし、明治維新の動乱を体験している。生母は、曾祖父母を見知っていたし、いろいろと、おもしろい挿話を牧野にはなしてきかせてくれていた。萩原千恵子に、この二役を演じてもらおうと、牧野はおもった。

牧野は、翌日に川田から電話があったときも、このことを口に出さなかった。

「俳優は、ほんとうに、萩原千恵子さんだけでいいのですか？　もし、必要ならば、いまのうちに……」

「いいんだ。いざとなれば、杉代をつかう。二つも三つも役をつけてもいい。それで間《ま》に合う」

「ところで、今年は、外国へ、フランスへは行かないんですか？」

「もう一度だけ、行ってみたい気もするが、おそらくだめだろう」

「どうしたんです、毎年、あれだけ、たのしみにしていたのに」

「いまのぼくは、すべてに、好奇心を失《うし》なってしまった。躰《からだ》もきかないし、もう、酒ものめなくなった。こうなっては、もうだめだよ。飛行機へ乗っても、物は食べられないし、苦痛なんだ。これはね、老化という現象だから、どうにもならない」

生まれてはじめて、ひょんなことから、フランスへ行ったときは、五十をこえたばかりで、牧野は、まだまだ元気だった。生涯、外国へは行くこともないと出不精の牧野はおもっていたが、それから約十数年の間に、七回もフランスへ行っているのだ。

川田との電話が終ってから、牧野は原稿紙に向った。

生母のたかは、七十二歳で亡《な》くなったが、そのころから書きはじめることにした。長い台詞《せりふ》を書くのは、牧野にとって不得手だったが、書きはじめると、どうにか二枚すすんだ。これで萩原千恵子が銀杏の樹の蔭《かげ》へ引っ込むと、そこには、杉代が待っていて、化粧を直し、鬘《かつら》をつける。

そして今度は、三十そこその千代になって、萩原千恵子が舞台へあらわれる。

（うまく行くだろうか？）

書きすすめながらも、牧野は不安だった。

長い、長い台詞の連続である。それでも、この夜のうちに、合わせて五枚ほど書けた。

書いて行くうちに、牧野は開き直ったかたちになり、却《かえ》って奔放《ほんぽう》な気分になってきた。いずれにせよ、これは萩原千恵子の一人芝居なのだ。演出に自信はなかったが、あまり、自分は口を出さぬつもりになった。

少し書き足りない感じがしたけれども、あとはもう、萩原千恵子にまかせるよりほかはない。むしろ、書き足りないところがあったほうがよい。そのほうが却って、俳優のちからを引き出すことができる。

ベッドへ入ってからも眠れず、そのまま、朝になった。

朝の郵便が来た。その中の一通に、フランスのパリ在住の、カメラマン福田からの手紙があった。

福田は、前に二度ほど、牧野のフランス行に、ドライバーをつとめてくれたことがあった。牧野のフランス行はパリに用はない。主として、フランスの田舎をまわって歩くのだから、レンタカーを運転する、フランス語の通訳が、どうしても必要になる。牧野はフランス語も英語もだめな男だった。もう七回も行っているのだから、

「少しは、はなせるようになったんでしょう?」

と、娘の杉代はいうのだが、だめなものはだめだ。そもそも、おぼえる気がない。

それでも、通訳がいないときに、ホテルのフロントの女の子と、

「うちには、猫が三匹もいたが、いまは、みな死んでしまった。また飼いたいとおもっている」

とか、田舎の村の八百屋へ入って行き、

「そのサクランボを二袋下さい。すぐに食べるから、ちょっと洗って下さい」

とか、語り合ったりする買物なども、一人で出来る。

これは身ぶり手ぶりと、小さなスケッチブックに描いてしめせば、何とか通じるのである。もっと早いうちに、このやり方をすれば一人旅も可能だったろう。それには、若い心身のちからを必用とする。牧野にとっては、ちょっと遅かった。

さて、カメラマンの福田は、手紙で、こういって来た。

「B・O・Fの古い常連ミシェルさんのことを、おぼえていらっしゃることと存じます。昨日、ミシェルさんから電話があって、セトル・ジャンをヴィル・ダヴレーの町で見かけたというのです。もっともそのとき、ミシェルさんは、友人の車に乗っていたので、ちょっと走ってから車を停《と》めさせたのですが、その間に見失なってしまったらしいのです」

牧野は、かぶりを振った。

(いや、ちがう。ジャンはパリを離れるような老人ではない)

ある人のはなしによると、セーヌ川の畔《ほとり》に何十年も住みながら、生涯に一度もセーヌを見たことがないという老人がいるそうな。

ジャンも、そうした老人の一人だと、牧野はおもっていた。

ヴィル・ダヴレーという町は、かつて、牧野も見知ってはいる。パリからヴェルサイユの宮殿を見物したとき、車で通った町だ。

樹木の多い、何となく、世に忘れられたような、小さくて、うらさびしい町だった。

牧野が行ったときは秋で、落葉が雨のように降っていたことをおぼえている。

だが、或《あ》る意味では、いまのセトル・ジャンには、ふさわしいのかも知れない。

とにかく、ジャン老人は、いま、行方不明なのだ。

数日後になって、また、福田から手紙が来た。

「ミシェルさんは、自分が持っていたジャンの写真をたずさえ、あれから三日も、ヴィル・ダヴレーの町へ行き、町の人びとへジャンさんの写真を見せて探しまわったそうです。小さな町なので、新しく移って来た人なら、きっと、わかるはずだとおもったらしいのですが、ついに、わからずじまいになってしまいました」

と、ある。

(もう、亡くなっているかも知れない)

牧野は、そうおもった。そのおもいが大きく、強くなってくるのを、どうしようもなかった。

(ジャンも、古女房のポーレットも、きっと死んでしまったのだろう)

十数年前に、牧野がはじめて「B・O・F」でジャン老人を見たとき、ジャンは七十二歳だった。ポーレットは、年上の女房だったというから、いま、生きていても八十をこえているはずだった。

その年も暮れて、新しい年が明けた。

芝居の脚本は、順調にすすめられている。

自分では、むかしのように書けてはいず、机に向うのが苦痛だったが、いつの間にか、書きすすんでいる。

牧野は、六十五歳になった。相変らず、体調はよくない。持病の心臓はもとよりだが、すべてにおとろえてきて、フランスへ旅することなど、おもいもよらなかった。

ジャンの女房のポーレットは、階段から落ちて、骨折し、身うごきもならないはずだ。そもそも、その看病のために、ジャン老人は店を手放すことになったのだ。老夫婦には子がいない。また身寄りもないらしかった。

（もう、亡くなっている……）

そうおもいつつも、牧野はフランスへ行ったときの写真やノートを出してはながめ入った。はじめて行ったときの「B・O・F」の写真も出て来た。

牧野が、はじめてフランスへ行ったのは、映画について、現地取材をするためだった。出版社からはT、そして現地のパリ在住のカメラマン・山田大助が協力してくれた。〔B・O・F〕を見つけて、牧野を連れて行ってくれたのも、山田だった。

　年少のころから観つづけてきたフランス映画について書くことはたのしかったし、映画発生の地、リヨン郊外にあるリュミエール兄弟の遺跡へも行った。意外に、日本人で、リュミエール兄弟の遺跡を訪ねたものはいない。
　五十五、六歳の大学教授のような、立派な顔つきの案内人が、
「あなたのような人は、はじめてだ。日本人も各国の観光客にしても、リュミエールのことなんか、口に出したことはない」

　うれしそうにいったのを、牧野はおぼえている。

　リヨンからパリへ帰って来ると、待っていた山田大助が、

「牧野さんがよろこびそうな酒場、というよりも居酒屋といったほうがいいかな。その店へ、これから行きましょう」

　と、いう。

　パリに五年も、家族と共に住み暮している山田は、フランス語の読み書きに不自由をしなかった。

〔B・O・F〕は、旧中央市場（レ・アール）の一隅にある、フランスの町の何処《どこ》にでもあるような酒場だった。

セトル・ジャンは、入って行った牧野たちをじろりと見たきりで、口もきかなかった。女房のポーレットも同じである。それは牧野たちだけにというのではなかった。新しく入って来た客にも、常連らしい客にも同じだった。

牧野は、たちまちに、この店が気に入ってしまった。

山田は「牧野さんがよろこびそうな酒場」といったが、まさに、居酒屋で、それも江戸時代を想《おも》わせる店だ。

いまは使用していない、古い時代の電話器が、アクセサリーになってい、ジャン老人は、その前に立って、モルゴンの赤ワインを出してくれた。このワインは樽詰《たるづめ》になっていて、地下室に置いてあるのをジャンが、いちいち瓶《びん》へ移し変えるのだ。その古めかしい瓶を大切にあつかい、グラスに注ぐとき、ジャン老人の眼《まな》ざしは真剣そのものだった。瓶を持つ手の指が微《かす》かにふるえている。

「このおやじさん。きっと、ペルノーの中毒なんですよ」

山田が、そうささやいた。

〔Ｂ・Ｏ・Ｆ〕では、モルゴンの赤とパン、チーズしか出さない。それと、旨《うま》いペルノーをのませた。

「あ、そうだ。この店は、むかし、有名な作家のシムノンが常連だったのだそうです」

急に、おもい出したように山田がいって、

「こちらは、日本のシムノンのような作家なんだ」

大げさに、牧野のことを、ジャン老人へ紹介した。

ちょうど、そのころ、牧野が脚本を書いたテレビ・ドラマの、時代物サスペンスが、どうしたわけか、大評判となり、つづけて二本も映画化されたりしていたことを、山田は知っていたのだ。

それにしても、大げさにすぎる。あの高名な推理作家ジョルジュ・シムノンと引きくらべられては、かなわない。

牧野は、おもはゆかった。はずかしかった。

すると、ジャン老人は、

「ちょっと、待ってくれ」

というように、目くばせをしてから、奥へ引っ込んで行き、やがて、一冊の本を手に、もどって来た。

＊この作品は『原っぱ』（新潮文庫刊）の続編として書き始められた。

解説

佐藤隆介

池波正太郎といえば、まず『鬼平犯科帳』『仕掛人藤枝梅安』そして『剣客商売』の三大シリーズがあまりにも名高い時代小説の大作家であるが、同時に稀代《きたい》の食エッセイストでもあった。

だから、池波正太郎の熱狂的ファンにも、大きく分けて二通りがある。小説から入って池波党になったか、それとも食にまつわるエッセイに惹《ひ》かれて池波正太郎マニアになったか、の二通りだ。ま、結局のところ、どちらから入っても行きつくところは同じだが。

私の場合は、後者だった。

三十代の初めに大病を患《わずら》い、四十五日間、三途《さんず》の川の手前でうろうろした挙句、悪運強く生還した。ここから先は余禄《よろく》の人生。これからは好きなことだけして、行ける所まで行けばいい、と思い定めた。

好きなのは楽しく飲み食いすること。これしかない。そこで、物書きとして生涯のテーマを「食卓にかかわること」と決めた。即《すなわ》ち酒と食とやきものである。細々ながらその人生設計に従って歩み始めて間もなく、池波正太郎が週刊誌に『食卓の情景』の連載を開始した。毎週、待ちかねるようにして貪《むさぼ》り読んだ。それが一冊の本になったとき、私は本を抱えて荏原《えばら》の池波邸を訪ね、飛ぶ鳥を落とす勢いの大作家に初めて会った。それが私の人生を変えた。

実をいうとその日まで、私は一篇の時代小説も読んだことがなかった。そのことは前以《もっ》てご当人に手紙で白状してあった。それが逆に池波正太郎の興味を惹いたのだろう。

当時、私はコピーライターを本業に、およそ売れない小雑誌の編集をサイドワークとしていたが、その日のインタビューを機に荏原へのお出入りを許され、やがて『男の系譜』という連載の聞書きをするようになり、いつの間にか「通いの書生」のようになった。早い話が裏方の便利屋である。

池波正太郎ほどの超売れっ子作家ともなれば、どこの一流出版社の編集者でも、何を頼んでもすぐ引き受けてくれる。しかし、頼みごとをすると借りができる。借りを作ると、その相手から何か頼まれたときに断れない。その点、私なら問題がなかった。

荏原通いをするようになってからは、洋物のハードボイルドしか読まないとはいっていられないから、大車輪で池波小説を読み漁《あさ》った。そして「歩く池波正太郎辞典」と称するほどになり、出版各社も池波正太郎に頼みごとをする前に、まず書生の私に打診してくるようになったものだ。

「濡《ぬ》れ場と食いものの味がちゃんと書けるようになれば、作家も一人前だな」と、池波正太郎はよくいっていた。そのどちらにも亡師は絶対的な自信を持っていた。濡れ場もむろんのことだが、飲み食いの描写に関してはまさに池波正太郎の独壇場という観がある。

代表作の『鬼平』『梅安』『剣客商売』の三大シリーズが、作者の没後二十年にしていまなお人気の衰えを知らない理由の一つは、私にいわせれば、ストーリー展開の途上でさりげなく挿入される〝飲み食いの情景〟の巧みさにある。

特別に高価な贅沢《ぜいたく》品や珍奇なものは、まず出てこない。大根の千六本、豆腐、油揚げ、浅蜊《あさり》のむき身、そんなものでやる小鍋《こなべ》立てを池波正太郎が書くと、いやもうそのうまそうなこと……読んでいてついよだれが出る。われわれ庶民にもごく日常的な、変哲もない食材ばかりだから、よし、今夜にでも真似《まね》をして作ってみよう……という気になる。

これが超一流作家の〝筆力〟であり〝芸〟であることは間違いないが、池波正太郎の凄《すご》さはこれを芸の見せどころとして書いていない、という一点にある。

「おれは、生活感や季節感を出すために、ちょっと食いものことを書くだけなんだよ。だから、もっと飲み食いの情景を書いてくださいとお前にいわれても、それはできない相談だな」

と、きつく叱《しか》られたものだ。

池波正太郎が描く食の情景には、一つの大きな特徴がある。食材や料理法についてのウンチクを披露するためではなく、あくまで登場人物の生活と心情を切り出して見せる手段にすぎない、ということだ。

もちろん、食材や料理に関しても史実を大切にし、安直なこしらえごとは決してしなかったから、鬼平や梅安や小兵衛が酒飯する情景はそのまま忠実な食物史として信用できる。リアリティを何より重んずる池波正太郎だった。

「小説に限らず映画でも芝居でもそうだが、そこに〝人生の真実〟が出ていればいい。それが芸術といえるか否《いな》かの分かれ目だ」

これが池波正太郎の持論だった。

その人生の基本に池波正太郎は「食」を据えていた。池波正太郎にとって、生きることは食べることだった。それも一日一日、確実に迫ってくる死を見据えた上での、きょうという日の一食一飲だった。

この作家が描く食の情景には、つねに「死ぬために食べる」という悟りのようなものが裏打ちされている。それを感じ取ればこそ何気ない日常の食の描写に、読み手は理屈ぬきで心を動かされることになる。

本書は「味の歳時記」「江戸の味、東京の粋」「パリで見つけた江戸の味」の三部から成っている。パッと見には三部それぞれに脈絡のない文章の寄せ集めのように見えるかもしれないが、実はそうではない。全体に共通してはっきりと、

「人間は死ぬために食べている。しかも明日が最後の日でないという保証はない。だからこそ、きょうの一食一飲が大事なのだ」

という池波正太郎の死生観が根底にある。

「去年《こぞ》今年《ことし》貫《つらぬ》く棒《ぼう》の如《ごと》きもの」

高浜虚子の有名な一句である。大晦日《おおみそか》から元旦《がんたん》へ一夜明けた途端に、何かが新しく変わったような気がして、人はそこに清新な歓《よろこ》びを見出《みいだ》そうとする。それを虚子は一《いっ》閃《せん》にして切り捨てた。悠久の時の流れの中で、人間世相の転変などは一瞬の烟霞《えんか》も同じ、と。さながら禅僧の一喝にも似て、人生の達人ならではの達観がそこに凝縮され

ている……と、虚子のこの一句を激賛したのは、かの川端康成だった。

私が思うに、「貫く棒の如きもの」は池波正太郎のすべての小説、エッセイ、作家自身の生き方そのものにもある。その「貫く棒の如きもの」あるがゆえに、池波正太郎の作品は没後二十年経《た》とうが三十年経とうが、この先何十年経っても読み継がれて行くに違いない、と私は思っている。

亡師の没後二十年。この二十年間に何がどう変わったかを考えるとき、私がまず思うのは、人生の達人としてその軌跡を追いたいような人がいなくなった……このことである。

池波正太郎は確かに人生の達人だった。いわゆる食通でもグルメでもなかったが、人間にとって食べるということはどういうことか、その根底をしっかり見定めて、三六五日の一食たりともゆるがせにしなかった。つねに一期一会の覚悟で飲み食いをしていたという意味で、正真正銘の食道楽だった。

合計四回、亡師の鞄持《かばんも》ちとしてフランス周遊大名旅行をさせてもらった書生のモウコだが、旅を段取りし、臨機応変に素晴らしい旅を演出するツアーコンダクターは、つねに池波正太郎自身だった。

そういう池波正太郎だから、ことばの通じないフランスへ旅をしても微塵《みじん》もたじろぐことがなく、実にのびのびと、まるでフランス人のように日々を楽しんでいた。

池波正太郎がパリの旧中央市場《レ・アール》に見つけた小さな居酒屋にあれほど入れ込んで通った理由は何だったろうか。名もない地酒モルゴンと、ペルノーの水割りと、パンとチーズしかない、はっきりいって時代離れした侘《わび》しい居酒屋だった。

池波正太郎がそこに見たものは、古き佳《よ》き時代のフランス映画に出てくる酒場というよりも、自分が書いている江戸時代の居酒屋の姿だった。そういう居酒屋や食いもの屋が戦前の日本には、どこの町にもあった。池波正太郎にとっては、自分が住み暮らす東京から消滅してしまった昔ながらの人間らしい暮らし方が、思いもかけずパリにまだあった、ということだったに違いない。

絶筆となった小説『居酒屋B・O・F』は、池波正太郎としては珍しい現代小説『原っぱ』の続篇である。改めて『原っぱ』と本書を読み返して思ったことだが、これは池波正太郎の〝昭和への挽歌《ばんか》〟だ。

かつてヴェニスをもしのぐ「水の都」だった東京の川という川が埋め尽くされ、景観も町の雰囲気も無残に変わり果てた東京で、それでもまだしぶとく昔のままの人情や気くばりや遠慮やを大事にして生きている、そういう市井《しせい》の庶民の姿を池波正太郎は後世のために書き遺《のこ》そうとしたのだ。別のことばでいえば、これは池波正太郎の遺書かもしれない。

一度、好きになったら、とことんその店に通いつめる。これが池波流である。好きになる理由は、どうもそこで供される酒や食いもののよし悪《あ》しではなかったようだ。主《あるじ》夫婦の人柄、生き方、信条、それが気に入ったら通いつめるのが池波正太郎だった。

考えてみると、池波正太郎が愛した店は、どこもそういう店ばかりだ。私の知っている限り、そこにはグルメや食通が行列を作る店はない。しかし、一度行くと、なぜかまた足が向く店が多い。人生の達人・池波正太郎の食の軌跡を追いかけていれば、いつかはその足許《あしもと》ぐらいにはたどりつけるかもしれない。

(二〇一〇年二月、作家)

所収

第一部　味の歳時記（新潮文庫昭和六十一年四月刊『味と映画の歳時記』所収）
第二部　江戸の味、東京の粋（講談社平成十三年三月刊『完本池波正太郎大成　別巻』所収）
第三部　パリで見つけた江戸の味
「あるシネマディクトの旅」（新潮文庫昭和六十三年六月刊『フランス映画旅行』所収）
「パリの味・パリの酒」（新潮文庫昭和六十三年六月刊『フランス映画旅行』所収）
「パリ・レアールの変貌」（新潮文庫昭和六十二年三月刊『旅は青空』所収）
「短編小説　ドンレミイの雨」（新潮文庫平成元年六月刊『ドンレミイの雨』所収）
「絶筆小説　居酒屋B・O・F　はじめてのフランス（一）」（「波」平成二年三月号所収）

この作品は文庫オリジナルです。

池波正太郎記念文庫のご案内

上野・浅草を故郷とし、江戸の下町を舞台にした多くの作品を執筆した池波正太郎。その世界を広く紹介するため、池波正太郎記念文庫は、東京都台東区の下町にある区立中央図書館に併設した文学館として2001年9月に開館しました。池波家から寄贈された全著作、蔵書、原稿、絵画、資料などおよそ25000点を所蔵。その一部を常時展示し、書斎を復元したコーナーもあります。また、池波作品以外の時代・歴史小説、歴代の名作10000冊を収集した時代小説コーナーも設け、閲覧も可能です。原稿展、絵画展などの企画展、講演・講座なども定期的に開催され、池波正太郎のエッセンスが詰まったスペースです。

https://library.city.taito.lg.jp/ikenami/

池波正太郎記念文庫〒111-8621 東京都台東区西浅草 3-25-16
台東区生涯学習センター・台東区立中央図書館内 TEL03-5246-5915

開館時間＝月曜〜土曜（午前9時〜午後8時）、日曜・祝日（午前9時〜午後5時）**休館日**＝毎月第3木曜日（館内整理日・祝日に当たる場合は翌日）、年末年始、特別整理期間　**●入館無料**

交通＝つくばエクスプレス〔浅草駅〕A2番出口から徒歩5分、東京メトロ日比谷線〔入谷駅〕から徒歩8分、銀座線〔田原町駅〕から徒歩12分、都バス・足立梅田町－浅草寿町 亀戸駅前－上野公園2ルートの〔入谷2丁目〕下車徒歩1分、台東区循環バス南・北めぐりん〔生涯学習センター北〕下車徒歩2分

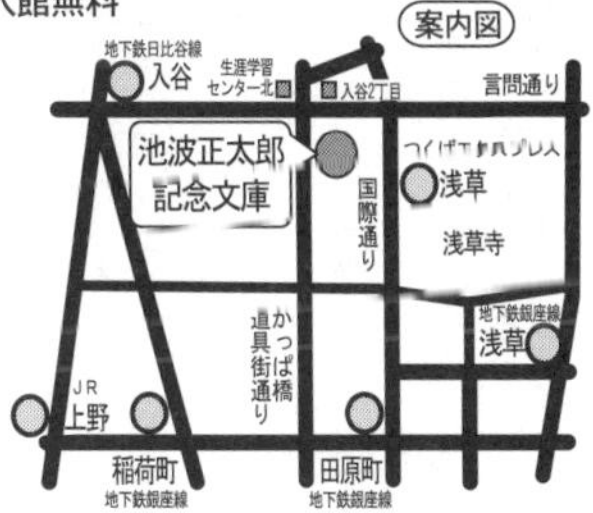

池波正太郎著

食卓の情景

鮨をにぎるあるじの眼の輝き、どんどん焼屋に弟子入りしようとした少年時代の想い出など、食べ物に託して人生観を語るエッセイ。

池波正太郎著

散歩のとき何か食べたくなって

映画の試写を観終えて銀座の〔資生堂〕に寄り、はじめて洋食を口にした四十年前を憶い出す。今、失われつつある店の味を克明に書留める。

池波正太郎著

日曜日の万年筆

時代小説の名作を生み続けた著者が、さりげない話題の中に自己を語り、人の世を語る。手練の切れ味をみせる〝とっておきの51話〟。

池波正太郎著

男の作法

これだけ知っていれば、どこに出ても恥ずかしくない！　てんぷらの食べ方からネクタイの選び方まで、〝男をみがく〟ための常識百科。

池波正太郎著

むかしの味

人生の折々に出会った〔忘れられない味〕。それを今も伝える店を改めて全国に訪ね、初めて食べた時の感動を語り、心づかいを讃える。

池波正太郎著

池波正太郎の銀座日記〔全〕

週に何度も出かけた街・銀座。そこで出会った味と映画と人びとを芯に、ごく簡潔な記述で、作家の日常と死生観を浮彫りにする。

池波正太郎著

忍者丹波大介

関ケ原の合戦で徳川方が勝利し時代の波の中で失われていく忍者の世界の信義……一匹狼となり暗躍する丹波大介の凄絶な死闘を描く。

池波正太郎著

男（おとこぶり）振

主君の嗣子に奇病を侮蔑された源太郎は乱暴を働くが、別人の小太郎として生きることを許される。数奇な運命をユーモラスに描く。

池波正太郎著

闇の狩人（上・下）

記憶喪失の若侍が、仕掛人となって江戸の闇夜に暗躍する。魑魅魍魎とび交う江戸暗黒街に名もない人々の生きざまを描く時代長編。

池波正太郎著

上意討ち

殿様の尻拭いのため敵討ちを命じられ、何度も相手に出会いながら斬ることができない武士の姿を描いた表題作など、十一人の人生。

池波正太郎著

闇は知っている

金で殺しを請け負う男が情にほだされて失敗した時、その頭に残忍な悪魔が棲みつく。江戸の暗黒街にうごめく男たちの凄絶な世界。

池波正太郎著

雲霧仁左衛門（前・後）

神出鬼没、変幻自在の怪盗・雲霧。政争渦巻く八代将軍・吉宗の時代、狙いをつけた金蔵をめざして、西へ東へ盗賊一味の影が走る。

池波正太郎著

さむらい劇場

八代将軍吉宗の頃、旗本の三男に生れながら、妾腹の子ゆえに父親にも疎まれて育った榎平八郎。意地と度胸で一人前に成長していく姿。

池波正太郎著

おとこの秘図（上・中・下）

江戸中期、変転する時代を若き血をたぎらせて生きぬいた旗本・徳山五兵衛——逆境をはねのけ、したたかに歩んだ男の波瀾の絵巻。

池波正太郎著

忍びの旗

亡父の敵とは知らず、その娘を愛した甲賀忍者・上田源五郎。人間の熱い血と忍びの苛酷な使命とを溶け合わせた男の流転の生涯。

池波正太郎著

真田騒動
—恩田木工—

信州松代藩の財政改革に尽力した恩田木工の生き方を描く表題作など、大河小説『真田太平記』の先駆を成す〝真田もの〟5編。

池波正太郎著

あほうがらす

人間のふしぎさ、運命のおそろしさ……市井もの、剣豪もの、武士道ものなど、著者の多彩な小説世界の粋を精選した11編収録。

池波正太郎著

おせん

あくまでも男が中心の江戸の街。その陰にあって欲望に翻弄される女たちの哀歓を見事にとらえた短編全13編を収める。

池波正太郎著
男の系譜

戦国・江戸・幕末維新を代表する十六人の武士をとりあげ、現代日本人と対比させながらその生き方を際立たせた語り下ろしの雄編。

池波正太郎著
映画を見ると得をする

なぜ映画を見ると人間が灰汁《あく》ぬけてくるのか……。シネマディクト（映画狂）の著者が、映画の選び方から楽しみ方、効用を縦横に語る。

池波正太郎著
真田太平記（一〜十二）

天下分け目の決戦を、父・弟と兄とが豊臣方と徳川方とに別れて戦った信州・真田家の波瀾にとんだ歴史をたどる大河小説。全12巻。

池波正太郎著
編笠十兵衛（上・下）

幕府の命を受け、諸大名監視の任にある月森十兵衛は、赤穂浪士の吉良邸討入りに加勢。公儀の歪みを正す熱血漢を描く忠臣蔵外伝。

池波正太郎著
あばれ狼

不幸な生い立ちゆえに敵・味方をこえて結ばれる渡世人たちの男と男の友情を描く連作3編と、『真田太平記』の脇役たちを描いた4編。

池波正太郎著
谷中・首ふり坂

初めて連れていかれた茶屋の女に魅せられて武士の身分を捨てる男を描く表題作など、本書初収録の3編を含む文庫オリジナル短編集。

池波正太郎著

まんぞくまんぞく

十六歳の時、浪人者に犯されそうになり家来を殺されて、敵討ちを誓った女剣士の心の成長の様を、絶妙の筋立てで描く長編時代小説。

池波正太郎著

秘伝の声（上・下）

師の臨終にあたって、秘伝書を土中に埋めることを命じられた二人の青年剣士の対照的な運命を描きつつ、著者最後の人生観を伝える。

池波正太郎著

黒幕

徳川家康の謀略を担って働き抜き、六十歳を越えて二度も十代の嫁を娶った男を描く「黒幕」など、本書初収録の4編を含む11編。

池波正太郎著

原っぱ

旧作の再上演を依頼された初老の劇作家の心の動きと重ねあわせながら、滅びゆく東京の街への惜別の思いを謳った話題の現代小説。

池波正太郎著

賊将

幕末には「人斬り半次郎」と恐れられ、西郷隆盛をかついで西南戦争に散った桐野利秋を描く表題作など、直木賞受賞直前の力作6編。

池波正太郎著

江戸切絵図散歩

切絵図とは現在の東京区分地図。浅草生まれの著者が、切絵図から浮かぶ江戸の名残を練達の文と得意の絵筆で伝えるユニークな本。

池波正太郎著

武士《おとこ》の紋章

敵将の未亡人で真田幸村の妹を娶り、睦まじく暮らした滝川三九郎など、己れの信じた生き方を見事に貫いた武士たちの物語8編。

池波正太郎著

夢の階段

首席家老の娘との縁談という幸運を捨て、微禄者又十郎が選んだ道は、陶器師だった――表題作等、ファン必読の未刊行初期短編9編。

池波正太郎著

人斬り半次郎（幕末編・賊将編）

「今に見ちょれ」。薩摩の貧乏郷士、中村半次郎は、西郷と運命的に出遇った。激動の時代を己れの剣を頼りに駆け抜けた一快男児の半生。

池波正太郎著

堀部安兵衛（上・下）

因果に鍛えられ、運命に磨かれ、「高田の馬場の決闘」と「忠臣蔵」の二大事件を疾けた赤穂義士随一の名物男の、痛快無比な一代記。

池波正太郎著

江戸の暗黒街

江戸の闇の中で、運・不運にもまれながらも、与えられた人生を生ききる男たち女たちを濃やかに描いた、「梅安」の先駆をなす8短編。

池波正太郎
乙川優三郎
五味康祐
宇江佐真理
山本周五郎
柴田錬三郎 著

がんこ長屋
―人情時代小説傑作選―

腕は磨けど、人生の儚さ。刀鍛冶、火術師、蕎麦切り名人……それぞれの矜持が導く男と女の運命。きらり技輝る、傑作六編を精選。

江戸《えど》の味《あじ》を食《た》べたくなって

新潮文庫　い-16-89

平成二十二年四月一日発行
令和五年十一月五日九刷

著者　池《いけ》波《なみ》正《しょう》太《た》郎《ろう》

発行者　佐藤隆信

発行所　株式会社 新潮社
郵便番号　一六二-八七一一
東京都新宿区矢来町七一
電話　編集部(〇三)三二六六-五四四〇
　　　読者係(〇三)三二六六-五一一一
https://www.shinchosha.co.jp

価格はカバーに表示してあります。

印刷・三晃印刷株式会社　製本・植木製本株式会社

ISBN978-4-10-115752-8 C0195